U0536242

〖中华诗词存稿·名家专辑〗
中华诗词学会 编

沈鹏诗词

三馀再吟

(2000-2011)

沈 鹏 著

中国书籍出版社
China Book Press

图书在版编目（CIP）数据

沈鹏诗词．三馀再吟／沈鹏著．－－北京：中国书籍出版社，2019.10
（中华诗词存稿）
ISBN 978-7-5068-7430-4

Ⅰ．①沈⋯ Ⅱ．①沈⋯ Ⅲ．①诗词—作品集—中国—当代 Ⅳ．① I227

中国版本图书馆 CIP 数据核字 (2019) 第 200551 号

沈鹏诗词·三馀再吟

沈鹏 著

责任编辑	吴化强
责任印制	孙马飞　马 芝
封面设计	采薇阁
出版发行	中国书籍出版社
地　　址	北京市丰台区三路居路 97 号（邮编：100073）
电　　话	（010）52257143（总编室）（010）52257140（发行部）
电子邮箱	eo@chinabp.com.cn
经　　销	全国新华书店
印　　刷	北京虎彩文化传播有限公司
开　　本	710 毫米 ×1000 毫米 1/16
字　　数	220 千字
印　　张	22
版　　次	2019 年 10 月第 1 版　2019 年 10 月第 1 次印刷
书　　号	ISBN 978-7-5068-7430-4
定　　价	398.00 元（全 2 册）

版权所有　翻印必究

《中华诗词存稿》
编委会名单

顾　　问： 郑欣淼　郑伯农　刘　征　沈　鹏　
叶嘉莹

编　　委：（按姓氏笔画排序）
丁国成　王　强　王改正　王德虎
刘庆霖　吕梁松　李一信　李文朝
李树喜　陈文玲　张桂兴　范诗银
欧阳鹤　杨金亭　林　峰　罗　辉
周兴俊　周笃文　宣奉华　赵永生
赵京战　钱志熙　晨　崧　梁　东
雍文华

主　　任： 范诗银

副 主 任： 林　峰　刘庆霖

执行主编： 吕梁松　王　强　李伟成

秘　　书： 李葆国

作者简介

沈鹏，别署介居主，著名书法家、诗人、美术评论家、编辑出版家，首批国务院有突出贡献专家。

一九三一年出生于江苏江阴一个教师家庭，先后就读于城南小学（外祖父王逸旦捐资首创）、南菁中学（外叔公王心农曾任校长）。十五岁时发起创办文学刊物《曙光》并任主编。十七岁入大学攻读文学，投身爱国学生运动，后转学新闻（新华社新闻训练班）。十九岁起，长年从事美术编辑出版工作，同时撰写评论。四十岁以后投入诗词、书法创作。历任人民美术出版社副总编、编审委员会主任，中国书法家协会副主席、代主席、主席。全国政协委员、中国文联副主席。现任中央文史馆馆员、中国书法家协会名誉主席、中华诗词学会名誉会长、中国国家画院书法篆刻院院长、中国美术出版总社顾问，并兼任多种社会职务。

书法精行草，善隶楷，老年致力于书法高研人才培养，制定并贯彻十六字方针："宏扬原创，尊重个性，书内书外，艺道并进"。提出中国书法可持续发展的理念。古典诗词创作发表达千首。撰写评论文章约二百篇。先后出版诗词选集《三馀吟草》《三馀续吟》《三馀再吟》《三馀笺韵》《三贤集》（参选一百首），评论文集《书画论评》《沈鹏书画谈》《沈鹏书画续谈》《书法本体与多元》及各类书法作品集《古诗十九首》《徐霞客歌》等凡五十余种。荣获"卓有成就的美术史论家"、"造型艺术成就奖"、"中国书法兰亭奖"终身成就奖、"全国第三届华夏诗词奖"荣誉奖、"中华艺文奖"终身成就奖、"中华诗词"荣誉奖、联合国Academy"世界和平艺术大奖"等，并获得"十大感动诗网人物"、"编辑名家"、"爱心大使"、"中国十大慈善家"、"中国十大魅力英才"等荣誉称号。热心公益事业，捐献家乡全部房产。设立四处基金会。长期大量捐款，向五处捐赠个人优秀作品以及捐赠名人字画、文物等。

2019年3月

总　序

  我们这个诗歌大国有一个很好的传统，历来注重"采诗"、搜集整理诗歌材料。作为唯一的全国性诗词组织的中华诗词学会，自1987年5月成立以来，就十分重视这项工作。学会每年的学术研讨会和历届"华夏诗词奖"，都出版论文集和获奖作品集。纪念学会成立二十年、三十年时，还专门编辑出版了《大事记》《论文选集》《诗词选集》。《中华诗词》创刊以来，每年都制作年度合订本。2007年5月，在北京天识东方文化艺术传播有限公司的资助下，以近代以来诗词创作、诗词理论、诗词运动重要文献汇编，当代名家个人作品专集等为主要内容，出版了《中华诗词文库》。经过十来年的编辑整理，已经出了近百卷。这些诗集、文集的出版，记录了近百年来尤其是改革开放四十多年来，中华诗词从起步、复苏走向复兴的砥砺前行的历程，为近、当代诗歌史的撰写准备了丰富的资料。

  党的十八大以来，中华民族优秀传统文化重新受到应有的重视。习近平总书记《念奴娇·追思焦裕禄》词和《军民情》七律的相继发表，引领中华大地诗潮滚滚而来。《中共中央关于繁荣发展社会主义文艺的意见》和中办、国办《关于实施中华优秀传统文化传承发展工程的意见》，都明确提出"加强对中华诗词、音乐舞蹈、书法绘画、曲艺杂技和历史文化纪录片、动画片、出版物等的扶持。"国家教育部组织制定由中华诗词学会起草的新中国语言体系中的新韵书《中华通韵》已经通过国家语言文字工作委员会语言文字规范标准审定委员会审定，即将颁布全国试行。这些都使我们真切地感受到，中华诗词的春天真的到来了。诗人们乘着骀荡春风，正以高昂的激情，书写着中华民族伟大复兴的新时代、新史诗，国家富强、民族振兴、人民幸福的中国梦；正以与人民同呼吸、共命运的诗人之心，对人民的欢乐、人民的忧患、人民的情怀给以诗意的表达；正以"美"或"刺"的诗人之笔，对市场经济大潮中人民对幸福生活的期待，对美好未来的希望，对假丑恶的深恶痛绝，或给以方向，或给以赞美，或给以鞭挞。正如习近平总书记所指出的："好的文艺作品就应该像蓝天上的阳光、春季里的清风一样，能够启迪思想、温润心灵、陶冶人生，能够扫除颓废萎靡之风。"

当前，传统诗词创作者和诗词爱好者队伍发展迅速，已超过三百万。每天创作的诗词作品超过唐诗、宋词、元曲的总和。诗词评论研究队伍也成长很快，诗词评论、诗词学、诗词创作理论研究成果丰硕。如何从浩如烟海的诗词作品中"淘"出优秀作品，并使之存下来、传下去，如何使诗词研究理论成果"面世"并发挥应有的指导作用，确实是摆在我们面前的无可回避的一个重要课题。中华诗词学会是一个没有国家编制，没有国家拨款的社会团体，事业的运转主要靠社会赞助和会员费支撑。俊识（北京）文化传媒有限公司总经理吕梁松、北京采薇阁总经理王强，两位一直是对中华传统文化情有独钟的热心人，慷慨解囊，愿意同中华诗词学会一起，搜集整理编辑推出《中华诗词存稿》这套书，共同为中华诗词文化的继承和发展，做成这件十分有意义的事情。

《中华诗词存稿》主要搜集整理出版三部分内容的资料：一是当代诗词名家的个人作品集；二是当代诗词评论家、诗词学者的学术著作集；三是当代诗词作品、诗词理论学术成果阶段性、专题性、地域性的集成类作品集。诗词作品强调精品意识，沙里淘金，把"有筋骨、有道德、有温度"的优秀诗词作品搜集起来。诗词评论、研究类资料强调理论性和创新性，应具有鲜明的个性特点，具有创建性的见解。集成类的资料应有一定的史料保存价值。总之，做成一套具有当代价值和历史意义的好书。在此，我们编委会人员，向提供资料、筛选编辑、版面设计、校对勘误，包括所有为这套资料付出辛勤劳动的同志们，表示真诚的谢意！

郑欣淼
二〇一九年七月于北京

序

郑伯农

喜欢沈鹏诗词的人，大约都是先知道先生的书法，后接触先生的诗作。记得五年前在京郊大觉寺召开沈鹏诗词研讨会，马凯同志说，他第一次接触沈诗是在新华书店，深深被架子上的诗集吸引住了。脑子里马上冒出一个问题：此沈鹏（诗人）是否就是彼沈鹏（书法家）？书法的名声比诗词大，并不意味着后者只是副产品，更不意味着后者的成就低于前者。依我看，沈老在诗词上的成就绝不亚于书法。过若干年后，人们在谈论沈先生的时候，也许会先背诵他的几句诗，然后才谈到书法、评论，等等。

古人把诗人分成豪放、婉约两大派。已故美学家王朝闻在给沈老的一封信中说，沈诗既不是纯粹的豪放，也不是纯粹的婉约，而是两者兼得，偏于豪放。我很赞同朝闻先生的意见。据夫子自道，诗人近四十岁才开始写旧体诗。作为饱经忧患、饱览沧桑的中老年人，沈先生一直保持着一颗赤子之心。"心潮时共风雷激，腕底曾驱虎豹游"。诗人的诗章和他对祖国和人民的赤子情怀一直是不可分割的。然而，诗人不喜欢作赤裸裸的自我表白，他的风格也不是山呼海啸、大开大合。先生的诗，多是写身边所发生的平常事，信手拈来，略加铺排点染，就成为一首动人的诗章。很含蓄，很内敛，笔底藏锋，秀中有刚。在对景和事的描述和叙述中，很自然地透露出作者的情怀。散淡中见筋骨，随意中见匠心。宋人姜夔说："诗有四种高妙：一曰理高妙，二曰意高妙，三曰想高妙，四曰自然高妙。"沈诗无疑追求的是"自然高妙"。譬如那首《上海南京路漫步》："又是春风拂柳腰，摩肩接踵亦逍遥。新铺路石应知否，'五卅'枪声黄浦潮。"似乎脱口而出，讲得很随意、很自然，其中却蕴含着深沉的历史感悟。

诗词是一种比较高雅的艺术，没有一定的文化素养是难以进入它的殿堂的。然而，它同样要求"大众化"，要求拥有尽可能多的欣赏者。和一切艺术一样，诗词直接诉诸人的感官，要让人第一眼就被吸引住了。这里有个"度"的问题：怎样既弘扬凝练、隽永的特色，又达到明白、晓畅？沈先生在本书《志在探索——〈三馀再吟〉馀话》中写道："古人评诗说到底常归结到格调。格调的低下尤以'俗'为大忌。也有以'浅'为病者，可能要看何等意义上谈'浅'。倘若'浅近''浅显'并无不可，甚或是长处。倒是表面深奥莫测，不知所云，掩盖着实际的'浅俗'与'肤浅'最为可怕。"这是上升到理论高度的经验之谈，他自己在创作中也是努力这么做的。他的诗偶尔用典，但决不用那些偏僻生冷的典故，一般人不用翻书就能领会其中的含义。语言鲜活生动，能够达到雅俗共赏。先生在诗中写道："俚俗方言皆入谱，'三馀'棘草伴花开。"这种精神很值得弘扬。

沈诗还有一个万万不能被忽视的特点——幽默。幽默不仅是一种艺术风格，也是一种人生态度，一种艺术家不可或缺的风度。不仅喜剧家、相声演员需要幽默，诗人也需要幽默。沈老很崇敬聂绀弩,积极帮助推出聂诗《马山集》。当代诗人中有许多人学聂绀弩。我以为,既能继承聂的精华,又有新创造的,首先是沈先生。聂绀弩以幽默的笔调写历史悲剧,写人生磨难,在苦涩中透出达观和希望。沈先生用幽默应对当代生活的诸多领域,在给人以会心一笑时也给人以深刻的生活启迪。譬如他写当代咸亨酒店,读罢既让人开心,也让人皱眉,更让人深思:

有客皆西服,无人着布衫。
茴香豆增价,绍酒性微甜。
黑板无馀债,红绫不负廉。
门前孔乙己,顾影自羞惭。

这本集子多为绝句、律诗,亦有少量古风、长短句。特别令我惊喜的还有几副楹联。有的是他人出上联或下联,沈先生对上另一半,有的是沈先生到名山胜景题的联。楹联(长联除外)一般比绝句还要短,却要求在短短两行字里概括出描写对象的精气神。我过去没有见过沈先生撰的联。从集子的打印稿中第一次见到,给我的印象是出手不凡。如:

禅寺包山山包寺,
太湖浴佛佛浴湖。

——《太湖包山寺题联》

明知乌托邦还来觅路，

愿作武陵客不负迷津。

——《常德桃花源题联》

沈鹏先生说，他外出游览参观名胜地，常有主人备好文房四宝索求墨迹，以上两副对联便是在参观结束后援笔立就的。沈鹏先生认为这样做更有新鲜感觉。

壬辰春分于京华

大匠运斤 迁想妙得

周笃文

一代书法宗师,艺术理论家沈鹏先生,近以《三馀再吟》诗稿见示。灯前展卷,精光四射,异彩纷呈,令人手不忍释。先看鹏公馀话:

"前人论文艺,以无意得之为上。就我个人体会,这等境界得来不易。举一首自作五律:

此地尘嚣远,萧然夜雨声。
一灯陪自读,百感警兼程。
絮落泥中定,篁抽节上生。
驿旁多野草,润我别离情。

有位朋友说,读这首诗兴起'念天地之悠悠,独怆然而涕下'的感觉。回忆那年春天一个细雨蒙蒙的晚上,郊外偏僻的角落,独处斗室,灯下读书,读什么,身在何方,竟完全失去记忆。朦胧模糊之中,瞬间萌发叫做灵感的东西。诗句汩汩而出,不费斟酌,很少修改。潜意识的积累进入意识层面。于是一切置之度外,遗忘,留下的只有四韵八句……对美的追求过程产生的乐趣,大于创造物本身。由此进一步体会到美的本质脱离功利,美的创造与欣赏依赖直觉。"

说得真好，这是对诗词创作中灵感与顿悟的作用，现身说法的最好说明。这首诗之好，就在于诗人从纷纭百感中体认到蓬勃的生命意识——絮落泥中，篁抽节上和草长雨中的活泼生机。在静夜冥思的背景中，更凸现出作者遗世独立、超以象外、神与物游之可贵诗心。况周颐在《蕙风词话》中自述词境云："人静帘垂，灯昏香直。窗外芙蓉残叶，飒飒作秋声，与沏鼎相和答。据梧冥坐，湛怀息机……乃至万缘俱寂。吾心忽莹然开朗如满月……斯时若有无端哀怨，怅触于万不得已。即而察之，一切境象全失，唯有小窗虚幌、笔床砚匣，一一在吾目前。此词境也。"又说："吾苍茫独立于寂寞无人之区，忽有匪夷所思之一念，自沉冥杳霭中来，吾于是乎有词……而吾词不能殚陈，斯为不尽之妙。非有意为是不尽，如书家所云无垂不缩，无往不复也。"以上与沈老所云如出一辙。正是诗家酝酿灵感、熔铸意象极生动之说明。《文心雕龙》云："陶钧文思，贵在虚静"、"思理为妙，神与物游"皆同此理，可谓古今同致。元好问《论诗绝句》云："鸳鸯绣了从教看，莫把金针度与人。"沈老则不同，而将构思及其完形的过程作了生动的描述，为我们展现了捕捉诗心的步骤，为后学开示了重要的法门。

鹏公诗作沉奥清奇，尤工于想象，如《酬一丹、孟为伉俪以子萱胎发制笔见贻》：

　　　　天生一个小灵胎，预卜他年咏絮才。
　　　　愧我贪天占异宝，爱她堕地散奇财。
　　　　死生毫发论千古，得失文章问九垓。
　　　　昨梦神锥花又发，老夫心向稚儿开。

手拈一支用小女胎发制成的毛笔，竟引发老诗翁如此联翩的妙想：先誉之为天生灵胎，咏絮高才，异宝奇财，已属奇绝。继而上升到死生千古，得失九垓的跨越时空的高度，可谓达到了文章之极致。谁知词翁结尾笔锋一转，更推出了"昨梦神锥花又发，老夫心向稚儿开"之奇句。老人以澎湃的激情写出了对小儿之如此殷殷厚望，可谓妙想通神了。顾恺之曾以"迁想妙得"形容"悟对"、"通神"之境界。认为由此物联想到彼物，将某个独有的感情体悟，融入所要表现之对象中，使之升华到最高的灵境。顾为中书令裴楷画像，于其颊上横添出本来没有的三根长毫。人问其故，曰："正此是其识具（胆识）。看画者寻之，定觉益三毫如有神明，殊胜未安时。"此种无中生有的神变，是大家增进表现力之重要手段，这在鹏老诗中屡见不鲜。如《喷泉》：

银箭穿空飞彗星，地心引力落弧形。
工程自控循环路，还仗源头活水清。

《桂林至阳朔道中》：

扁舟环抱万山中，宛转徐行鸟路通。
江上清奇江底影，碧波流上碧莲峰。

碧波如何流上碧莲峰呢？因为是从舟中下窥清江的倒影。笔锋一转，便有此奇致。另《埋笔》诗：

秃笔曾来择地埋，祭坛作意护残骸。
衣沾晓露觅前迹，卓立红花一朵开。

笔冢红花，一派光昌的意象。这正是美学上移情手法的成功运用。其《沙滩拾得热带鱼骸》：

彩色画图兔颖描，虽无气息尚妖娇。
会当一跃沧溟去，不负天工弄大潮。

从热带鱼的残骸上生发出如此生动的奇想，一跃沧溟而弄大潮，这种化腐朽为神奇的想象，正是迁想妙得的成功佳例。

鹏老体态清癯，弱不禁风。然一进入创作，却笔力千钧，万夫莫当，极具气象。如《读林语堂中国人》之二：

吾国吾民竟若何？仁人铁砚万千磨。
闷雷爆发掀天地，霹雳一声闻一多。

诗是有感于闻一多的《一句话》而作。闻诗开头说："有一句话说出就是祸，有一句话能点着火……突然青天里一个霹雳，爆一声咱们的中国。"其主旨是反独裁，争民主。鹏老热情赞美此诗，并加以提炼创造。以"闷雷爆发掀天地"形容政治高压下必然会爆发革命的闷雷。既深刻又形象，具足了掀天揭地的气势。另如《黄山人字瀑》：

久雨初晴色色新，山光峦表逐层分。
路回忽听风雷吼，百丈飞流大写"人"。

前两句用细笔画出雨后初晴的岚光秀色，反衬后两句风雷震荡的百丈飞瀑之雄奇壮伟的景观。落脚"大写'人'"

三字,是对人性尊严的赞美与呼唤,尤其具有震撼力。另如写黄山的《步移》:

> 步移寸土换山形,雾气飘游失路行。
> 莫问眼前真色相,天都绝顶放光明。

结得轩昂壮丽,如听光明礼赞。鹏老作于日本之《赴日贺刘洪友出版中国书法名碑名帖选,席间书狂草"盛会"二字得句》诗:

> 满堂人气聚吾身,屏息丹田通鬼神。
> 蓦地运斤风起舞,掌声雷动报阳春。

更将斯时斯地的人气氛围与作者灵感遄来、运斤成风的昂奋状态写到了极致。钟嵘所谓:"气之动物,物之感人。故摇荡性情形诸舞咏,照烛三才,晖丽万有,灵祇待之以致享,幽微藉之以昭告,动天地,感鬼神,莫近于诗。"细玩斯文,恍惚近之。

识见高卓,是鹏老诗作又一突出特点。鹏老是博通诸艺,识见过人的理论大家,在审美上恒有高论卓识。如《辨丑歌》:

> 丑可丑而非常丑,大丑之中有大美。
> 丑中寓美谁得知,兀者王骀比孔子。

> 明末清初傅山公,四宁四毋发奥旨。
> 宁丑毋媚震聩聋,妩媚献媚皆奴婢。
> ……

巧意安排远率真，归朴还当返本始。
　　此道难与常人言，讵知行内更难喻真理。

　　"大丑之中有大美"、"妩媚献媚皆奴婢"真石破天惊之论。它道出了艺术的辩证法："丑美互根"的真谛。就像化妆上的点美人痣，戏剧中的丑角人物，断臂的维纳斯，圣母院的敲钟人，都是以残缺异化突显其审美的崇高价值。文学人物性格上的缺陷，如关云长的刚愎，张翼德的鲁莽。绘画中如前面提到的顾恺之为裴楷画像颊上添毫的故事，以及眉间点痣与鼻头着白表现手段，都属于此类审美范畴。东坡有诗："但寻牛屎觅归路，家在牛栏西复西。"马一浮《谢伯尹惠花》诗："已倦空山干屎禅，临江无水爨无烟。一支忽报春消息，古佛堂前花欲燃。"皆以"屎"字作禅家话头，而反衬出洒脱的生气，此皆以丑形美，化丑为美之佳例。梅尧臣诗："野凫眠岸有闲意，老树著花无丑枝。"陈衍爱之而作"著花老树初无已，试听从容长丑枝。"郑孝胥赠衍诗则云"临川不易到，宛陵何可追。凭君嘲老丑，终觉爱花枝"亦是如此。江西派宗匠陈师道云"宁拙毋巧，宁朴毋华，宁粗毋弱，宁僻毋俗，诗文皆然"就是从审美上提出了力戒恬适圆熟之风的命题。这与晚清词人况周颐所云："作词有三要，曰重、拙、大"是相通的，能如此，则其植立不凡元气淋漓之气象可期也。鹏老之《读谢无量书法》云：

　　不作三公作钓翁，呼号曾为补苍穹。
　　庸凡只识孩儿体，大匠运斤元分功。

充分肯定谢老之返童体书法乃元气淋漓的大匠运斤手段。鹏老在诗文中这种提倡真率，崇朴返本而力戒浮华献媚之风，是对症下药的卓识。

鹏公诗作内容广泛，道所见而抒所感，都能入情尽相，有着手成春之妙。如《缆车》：

吊车不动缆绳移，眼界更新景转奇。
洪谷幽深深见底，群峰围拱我思齐。

写从谷底攀升仰视云界的新奇景观。末句以"群峰围拱我思齐"作结，抒发出"见贤思齐"的哲人思致。就景生情，可谓立意高远。《吴哥》之二云：

吴哥一石一沧桑，佛国兼容魔与王。
仰视云端最高处，人天合一铸辉煌。

"一石一沧桑"起笔沉郁，偌大感慨七字尽之。"人天合一铸辉煌"收得雄健，令后来者难以措辞了。《上清宫》云：

三十六峰云脚平，蝉鸣焕发一山青。
紫薇花引东来气，便觉身轻已上清。

俊逸流利，一气呵成，而风致潇洒如登天界，是诗人另一种面目。

鹏老词作不多见，而下笔便奇。如《满江红·哥伦比亚航天飞机遇难》：

> 有际无边，混茫里、七星隐列。方昨日、志冲霄汉，笑言相别……真勇士，追日月，河岳近，思超越。　屈原昂首问，夸父焦渴。黑洞深通相对论，光年渺远时空迭。鉴前车、后继者争雄，长无绝。

将对逝者的哀痛与天际奇观，人间神话与天文物理的追问熔于一炉，以抒心中之奇观壮彩。哲思与悲怀奔赴笔下，令人为之震撼。又其《南歌子·步晓川原玉》：

> 大地焕金黄。机上传来晚稻香，万米高空平地起，长江！江尾痴心瞰故乡。　游迹旧难忘。未及言欢叠韵狂。闻说日吟千句少，登堂！入夜庄周意更长。

将俯看人间美景，以及与诗朋叠韵的欣悦，一笔赶下，情彩飞扬，兴致淋漓，令人读后逸兴飙举，有神观飞越之快。

鹏老劭德高风，通才博艺，发为诗文特具一种人格芬芳与器识高远之境界。近些年来，时得薰沐揭注，对我启迪实深。鹏老诗作字字发自真情，决无虚应故事。其论诗尤为高明剀切，请看以下文字：

《中华诗词》刊登的先烈遗作，生发出许多感想。反复吟诵之余，得五言绝句一首：

> 字字苌虹血，都从炼狱输；
> 壮心有如此，愧听"数茎须"！

不必多说，为了吟安一个字，"捻断数茎须"的认真精神是不可缺少的。思想的直接现实除了语言无迹可寻……诗的语言便是诗的自身。将散文分行书写，或者套用前人陈词代替自己创作，这等现象到了非改不可的时候了。看似最浪漫的事业其实应当是最切实严肃的。

这里主要说了两层意思：先烈用生命写出的绝命诗，是与生命同在，交割心肝的作品，虽不一定深斟细酌，却令读者心灵震撼不已。因此他认为"多一分'专门'的意念，便多一分刻意，少一分天趣，减一分性灵"。也就是说诗人要写真情大喟，要直抒性灵，展现天趣。只有在这个前提下，捻断数茎须才有积极的意义。说得何等深刻。杜甫论诗绝句之三"才力应难跨数公，只今谁是出群雄。或看翡翠兰苕上，未掣鲸鱼碧海中"，意在告诫人们：不要耽溺在兰苕翡翠的纤丽小情调中，而应有掣鲸碧海的雄健笔力与壮阔境界。叶燮《原诗》中曾云："我谓作诗者，亦必先有诗之基焉。诗之基，即其人之胸襟是也。有胸襟，然后能载其性情智慧聪明才辨以出。随遇发生，随生即盛，千古诗人推杜甫……触类而起，因是得题，因题达情，因情敷句。皆因甫有其胸襟以为基。如星宿之海，万源从出。"这些见解与鹏老的艺术主张，可谓一脉相承，有笙磬同音之合。当今诗坛，风来八面，云飞霞蔚，生机勃勃，然而鸿篇力作，似有不足。如能细心体味沈老的这些宝贵的箴言，定能开阔视野有裨于我们的创作。

壬辰春分于影珠书屋

目　　录

总　序·····················郑欣淼 1
序·······················郑伯农 4
大匠运斤　想妙得·············周笃文 8

再访台湾（七首存五）·················1
　　自北京转道香港抵台北···············1
　　读台北一老人诗··················1
　　日月潭······················1
　　重上阿里山····················1
　　台北故宫博物院赏《散氏盘》············2
江浦林散之、高二适、萧娴纪念馆············2
赠高二适纪念馆····················3
访日（四首选三）···················3
　　假名书法····················3
　　上野公园有搭篷露宿者···············4

川端康成《伊豆的舞女》写作地 ………… 4

即事 …………………………………………… 5

遣兴 …………………………………………… 5

雪 ……………………………………………… 6

辛巳元日眼结膜出血，状可怖而医云无碍 …… 6

题黄胄画《山女赶驴图》 …………………… 6

见水仙花刻削敧曲感作 ……………………… 7

南京夫子庙即句（外一首） ………………… 7

　　　栖霞古塔 ……………………………… 7

无题 …………………………………………… 8

辽鹤 …………………………………………… 8

上海南京路漫步 ……………………………… 9

目疾"飞蚊" …………………………………… 9

辛巳春扫母坟 ………………………………… 10

郊行 …………………………………………… 10

柽舅自沪上来京 ……………………………… 11

沙尘暴 ………………………………………… 11

淡味 …………………………………………… 12

临池偶作（二首） …………………………… 12

咸亨酒店 ……………………………………… 13

夜宿郊区农村（二首） ……………………… 13

2001年6月23日帕瓦罗蒂、卡雷拉斯、

多明戈三大男高音在故宫午门前演唱……………… 14

夏日南行………………………………………………… 14

题平江散文集《匆匆三月》…………………………… 14

敖包（二首）…………………………………………… 15

题黄胄画………………………………………………… 16

观画有作………………………………………………… 16

七旬……………………………………………………… 17

东行（四首）…………………………………………… 17

酬友人赠湖笔…………………………………………… 18

题画鸡…………………………………………………… 19

安吉吴昌硕纪念馆得句………………………………… 19

谒于谦祠见鼠…………………………………………… 20

集安（三首）…………………………………………… 20

　　途中………………………………………………… 20

　　高句丽古墓壁画…………………………………… 20

　　好大王碑…………………………………………… 21

题李苦禅画鸡…………………………………………… 21

有誉拙诗者，觅句以酬………………………………… 21

书怀……………………………………………………… 22

酬一丹、孟为伉俪以子萱胎发制笔见贻……………… 22

菊花……………………………………………………… 23

太白楼（二首）………………………………………… 23

牛渚 …………………………………………… 23
　　　大鹏 …………………………………………… 23
辛巳病起 …………………………………………………… 24
题沈尹默佚诗 ……………………………………………… 24
跋自书《古诗十九首》 …………………………………… 25
辛巳岁朝（三首） ………………………………………… 25
　　　采茶人语 ……………………………………… 25
　　　麻雀 …………………………………………… 26
　　　梅 ……………………………………………… 26
丰子恺故居（二首） ……………………………………… 26
　　　缘缘堂 ………………………………………… 26
　　　子恺塑像前 …………………………………… 27
苏州退思园 ………………………………………………… 27
枫叶歌 ……………………………………………………… 28
报载有议南京大屠杀纪念馆改名
　　　"国际和平中心"引起反响 ………………… 29
陈子昂读书台 ……………………………………………… 29
青城山（二首） …………………………………………… 30
　　　缆车登山 ……………………………………… 30
　　　上清宫 ………………………………………… 30
三星堆（八首） …………………………………………… 30
　　　神坛 …………………………………………… 30

祭祀 …………………………………… 31

　　神树 …………………………………… 31

　　飞鸟 …………………………………… 31

　　鱼纹 …………………………………… 31

　　十日 …………………………………… 31

　　玉器 …………………………………… 32

　　藐矣 …………………………………… 32

过望帝陵 ………………………………… 32

苏州访沙曼翁 …………………………… 33

柳絮 ……………………………………… 33

笔殇（二十首） ………………………… 34

晋中（四首） …………………………… 39

　　第13届中日友好自作诗书交流展开幕 …… 39

　　双林寺·归来 ………………………… 40

　　双林寺·塑像 ………………………… 40

　　傅山碑林 ……………………………… 40

2002年6月8日与书界同仁共赏米芾
　《研山铭》真迹（三首） …………… 41

西程故里 ………………………………… 42

洛浦 ……………………………………… 42

天门山 …………………………………… 43

访日（四首） …………………………… 43

　　　　东京行车 ·· 43

　　　　长野东山魁夷纪念馆 ······················· 43

　　　　子规庵 ·· 43

　　　　葛饰北斋纪念馆 ······························· 44

绿野 ·· 44

徐州谒李成蹊老师（二首） ······················ 45

汉墓即句 ·· 45

砚铭赠汪锡桂君 ·· 46

田横岛 ·· 46

读宋教仁遗诗即句 ······································ 47

虞美人 ·· 47

太湖包山寺题联 ·· 48

太湖（二首） ·· 48

　　　　三山岛 ·· 48

　　　　泽畔深秋 ·· 48

澳门大三巴 ·· 49

友人赠花篮感作 ·· 49

泰国（三首） ·· 50

　　　　浪淘沙·桂河大桥 ···························· 50

　　　　菩萨蛮·暹罗湾 ······························· 50

　　　　银鳞 ·· 50

鹊桥仙·"人妖"表演 ································ 51

满江红·哥伦比亚航天飞机遇难·············· 51

题画梅··· 52

题李从军画琴棋书画四艺图················ 53

楼道壅塞······································ 53

即事（二首）································· 54

  缩手·· 54

  来无·· 54

"非典"献身之护士长叶欣塑像（二首存一）··· 54

皖南行（六首存五）························· 55

  泾县桃花潭（二首）···················· 55

  棠樾牌坊群······························ 55

  黄山人字瀑······························ 55

  九华山···································· 56

京郊小憩（四首存三）······················ 57

  溯源·· 57

  小泊·· 57

  驴·· 57

七二初度午醒································· 58

中央电视台杏花村杯书法大赛即句（二首）··· 58

荷塘（二首选一）···························· 59

韩国行（四首存三）························· 59

  临海殿···································· 59

赵守镐先生书偈语有"万里无云万里天"
　　　　之句，补为一绝……………………………… 59
　　　韩国济州岛观玄晒璨先生书韩文字条幅……… 60
鹊桥仙·"神舟"五号飞船……………………………… 60
圆明园…………………………………………………… 61
一剪梅·雷雪…………………………………………… 61
报载比利时遗留"一战"军靴照片…………………… 62
浙东行（六首）………………………………………… 62
　　　西泠印社百年…………………………………… 62
　　　西泠印社印展遇雨……………………………… 62
　　　雷峰塔遗址出土文物…………………………… 62
　　　浙江舟山定海，余先祖桑梓之地……………… 63
　　　癸未冬夜泊宿…………………………………… 63
　　　海滨沙雕群……………………………………… 63
癸未冬日………………………………………………… 64
题任率英画钟馗图……………………………………… 65
癸未除岁感作…………………………………………… 65
讲座（二首）…………………………………………… 66
夜读……………………………………………………… 67
瞿秋白就义前长汀公园凉亭留影……………………… 67
偕苏士澍访启功先生…………………………………… 68
华清池（三首）………………………………………… 69

麦积山 …………………………………………… 70

过炎帝陵 ………………………………………… 70

天水南郭寺 ……………………………………… 71

华清池管理处嘱步郭沫若、董必武二老韵 …… 71

附：郭沫若游华清池 …………………………… 72

董必武和郭沫若游华清池 ……………………… 73

甲申绍兴第 20 届兰亭书法节，用王逸少韵 …… 73

附：王羲之兰亭诗 ……………………………… 74

绍兴（二首）…………………………………… 74

春游 ……………………………………………… 75

开会得句 ………………………………………… 75

全国首届青年书法篆刻展得句（二首）……… 75

楼内装修 ………………………………………… 76

黄帝故里（河南新郑）………………………… 76

江阴硕山千年红豆古树（二首）……………… 77

莫干山试剑石 …………………………………… 77

中央电视台为余摄制《岁月如歌》返里得句 … 78

小去 ……………………………………………… 78

南行途中（二首存一）………………………… 79

青岛五四广场雕塑《五月风》………………… 79

念奴娇·奥运会女排 …………………………… 80

七三初度过五台山《清凉胜地》牌楼（四首）……… 80

题刘奎龄、陈之佛诸家册页 …………………… 81

采桑子 …………………………………………… 82

纪念阿倍仲麻吕诗碑建立15周年（二首） …… 82

书法观摩个展开幕抒怀（二首） ……………… 83

于右任《望大陆》诗40周年纪念展作 ………… 84

澳门行（四首） ………………………………… 84

  新建关闸 …………………………………… 84

  林则徐莅澳门查禁毒品用公案台 ………… 84

  澳门向联合国申报世界文化遗产 ………… 85

  参观钱纳利等西洋画家作品 ……………… 85

珠海寻访苏曼殊故居，闭门不得入（二首） … 85

客外伶仃岛，巧于七年前旧游处卧室小憩 …… 86

江阴蝉联全国百强之首抒怀 …………………… 87

酬柏杨赠诗集 …………………………………… 87

水调歌头·印度洋海啸 ………………………… 88

读唐女郎鱼玄机诗集 …………………………… 88

春节对魏明伦上联 ……………………………… 89

乙酉元日 ………………………………………… 89

闲读偶得（二首） ……………………………… 90

游崇明岛 ………………………………………… 90

扬州瘦西湖泛舟（二首） ……………………… 91

  上海黄浦江夜游 …………………………… 91

浣溪沙（四首）……………………………………… 92

刘征书赠《八十自述》，奉和以报……………… 93

厦门（四首存三）………………………………… 94

   （一）中国书法第四届正书展会见金门

       书法代表团……………………………… 94

   （二）沙洲寂坐………………………………… 94

   （三）胡里山炮台……………………………… 94

霍金（二首存一）………………………………… 95

大连（五首存四）………………………………… 95

   雾气……………………………………………… 95

   贝壳……………………………………………… 95

   拾石……………………………………………… 95

   秋行……………………………………………… 96

七四初度，晨起为四川秀山少数民族

   希望工程小学题名………………………………… 96

日本箱根大涌谷（二首）………………………… 97

新楼………………………………………………… 97

山居夜静…………………………………………… 98

神舟六号升空抒感………………………………… 98

敬亭山（二首）…………………………………… 99

韩国釜山（二首存一）……………………………100

   读西山大师诗………………………………………100

题《霍松林自书诗文词联》……100
百年电影老片回放（三首）……101
  江城子·旧片回放《风云儿女》……101
  减字木兰花·《桃花泣血记》……101
  巫山一段云·《桃李劫》……101
念慈……102
余于十年前刻诗海南"天涯海角"巨石，今日重游……102
海南火山口（二首）……103
  火山场……103
  火山石……103
厦门鼓浪屿即句……103
丙戌春节周笃文先生著文评拙诗，吟得七律以谢……104
颐和园昆明湖即句……104
访日（二首）……105
  赴日贺刘洪友出版中国书法名碑名帖选，
    席间书狂草"盛会"二字得句……105
  东京寓所眺富士山……105
书画伪作……105
丙戌上巳中华诗词学会暨中华文学基金会举办
  沈鹏诗词研讨会席间有作……106
丙戌上巳，"沈鹏诗词研讨会"雅集后作……106
如梦令·昨日阳和春丽……106

读马凯诗词集……………………………………107

附：马凯读沈鹏《三馀诗词选》……………107

  并步其赠诗原韵………………………107

雨夜读……………………………………………108

吴江寄《心经》，嘱余诵之……………………108

柳叶湖经狐仙岛闲话……………………………108

常德桃花源题联…………………………………109

读聂绀弩手稿《马山集》………………………109

岳麓山爱晚亭……………………………………110

体检，戏答友人…………………………………110

黄山（三首）……………………………………110

  桃源石刻"大好河山"………………110

  山松……………………………………111

  步移……………………………………111

缆车………………………………………………111

坐滑杆……………………………………………111

杞人歌……………………………………………112

崂山"九水"……………………………………113

七五（三首存二）………………………………114

海贝………………………………………………114

宠物………………………………………………115

致乡友（四首）…………………………………116

谢赠葵花籽 ························· 116

　　　谢赠螃蟹 ··························· 116

　　　澄江镇置白石雕铸《三馀吟草》 ········· 116

　　　蓊蔭 ······························· 116

2007年元日雪 ··························· 117

广西药用植物园 ························· 117

沙滩拾得热带鱼骸 ······················· 117

海螺 ··································· 118

自北海抵崇左途中 ······················· 118

丁亥春节抒怀 ··························· 119

春晓 ··································· 119

辨丑歌 ································· 120

丁亥仲春抒怀 ··························· 121

重游傅山碑林 ··························· 121

题奉马识途诗书集 ······················· 122

观蚁（二首） ··························· 122

　　　迁居 ······························· 122

　　　蚁战 ······························· 122

夜行 ··································· 123

山村 ··································· 123

尘沙 ··································· 123

别笑星 ································· 124

步行街…………………………………………………124

过清东陵…………………………………………125

傅山书画展揭幕…………………………………125

太原永祚寺双塔…………………………………126

新秋偶成…………………………………………126

七六………………………………………………127

中国国家画院成立书法精英班，予忝列导师………127

北京至上海飞机降落口占………………………127

2007年10月7日夜经南菁母校，见教室灯火通明…128

渡江忆……………………………………………128

越南下龙湾………………………………………129

八桂奇石（二首）………………………………130

咏泰山……………………………………………130

湖水………………………………………………131

金婚………………………………………………131

居京杂诗（十四首）……………………………132

   （一）闲掷……………………………………132

   （二）角金……………………………………132

   （三）广告……………………………………132

   （四）空调……………………………………132

   （五）"拆"……………………………………133

   （六）冷烟……………………………………133

（七）装修……………………………………………133

　　（八）剧场……………………………………………133

　　（九）黄金月饼………………………………………134

　　（十）窗外栏网………………………………………134

　　（十一）仲秋即事（二首）…………………………134

　　（十二）随它（外一首）……………………………135

　舞台……………………………………………………135

读林语堂《中国人》（三首存二）…………………………136

报载"基因改变，鼠不怕猫"………………………………136

咏表……………………………………………………………137

奥运圣火点燃…………………………………………………137

读周汝昌先生90华诞唱和集步晓川韵………………………138

附：周汝昌先生叠韵（和诗）………………………………138

晋中（六首）…………………………………………………139

　喷泉……………………………………………………139

　迈越小溪………………………………………………139

　洪洞大槐树寻根处……………………………………139

　登鹳雀楼………………………………………………139

　明·苏三监狱…………………………………………140

　普救寺…………………………………………………140

桂林（四首）…………………………………………………141

　微雨……………………………………………………141

次刘征兄 ·················· 141

　　次张岳琦兄 ················· 141

　　桂林至阳朔途中 ··············· 141

川中地震后端午 ··················· 142

绿茵 ······················· 142

夏山 ······················· 143

中国国家画院书法精英班泰山诗主题书法创作展开幕，

　　林岫女史赠诗，步韵以谢 ··········· 143

附：林岫诗 ···················· 144

卜算子·第29届奥运会开幕 ············ 144

鄂尔多斯（二首存一） ··············· 144

　　草原即事 ··················· 144

七七 ······················· 145

大连（二首） ··················· 145

　　2008年"九·一八"夜8时闻警报 ········· 145

　　星海广场夜游 ················· 145

中国音画《清明上河图》首演 ············ 146

中秋夜雨即事 ···················· 146

南菁中学同学十人相会娃哈哈酒店

　　纪念毕业60周年 ··············· 146

秋兴 ······················· 147

有感医生不满职业现状 ··············· 147

读谢无量书法……………………………………………148
贺孙轶青、霍松林、叶嘉莹、刘征、
　　李汝伦五家获中华诗词终身成就奖……………148
2008年除夕感作……………………………………149
腕底…………………………………………………149
亚洲博鳌论坛会址…………………………………149
博鳌南行途中………………………………………150
重访南山……………………………………………150
"天涯海角"有古树生于岩隙………………………150
补撰崖州知事范云梯上联…………………………151
忆江南·题李从军《西湖梦荷图》…………………151
国外友人赠木化石玛瑙……………………………152
煤矿事故有作………………………………………152
寒山寺题壁…………………………………………153
悼孙轶青……………………………………………153
越东行（五首）……………………………………153
　　祭王羲之墓……………………………………153
　　金庭访右军旧迹………………………………154
　　嵊州至上虞途中………………………………154
　　谢安墓前………………………………………154
　　登妙高台………………………………………154
入夏抒怀……………………………………………155

2009年6月16日上午11时天大暗 ·················155

红黑··················156

昌平访老木刻家力群··················157

独坐（二首）··················157

七八··················158

检点旧作··················158

北京新闻学校同学聚会··················159

天琪君赠《梦棠吟痕》··················159

礼花··················160

过思陵··················160

望月··················160

居庸关··················161

天一阁题联··················161

2009年11月18日晚抵沈家
　　门港适逢开港600年庆··················161

普陀山"鹅耳枥"树前留影。树在海内为孤种·········162

珠海庚寅元日晨起即句（二首）··················162

雪咏··················163

冬日六绝句··················163

　　（一）雾··················163

　　（二）雪··················163

　　（三）雨··················164

　　　　（四）冰……………………………………………164
　　　　（五）云……………………………………………164
　　　　（六）井底…………………………………………164
读刘征《读书随想》………………………………………165
望城岗………………………………………………………165
迎春花………………………………………………………166
春日即事……………………………………………………166
迎世博会……………………………………………………166
跋《富春山居图》（两岸珍藏合璧卷）…………………167
读和珅诗觉人性之复杂……………………………………167
旅赣（五首）………………………………………………168
　　　　（一）宿江西师范大学白鹿会馆…………………168
　　　　（二）邓小平"文革"生活处………………………168
　　　　（三）共青城胡耀邦陵园…………………………168
　　　　（四）登滕王阁……………………………………168
　　　　（五）庐山…………………………………………169
桑拿酷暑……………………………………………………169
南歌子·晓川文兄赐贺，步原玉以谢……………………170
附：南歌子·寿鹏公八十…………………………………171
龙庆峡………………………………………………………171
再游京西（二首）…………………………………………172
　　　　埋笔…………………………………………………172

离雁 …………………………………………172

赠杨锦麟 ……………………………………172

友人赠"八十后作"印章 ……………………173

兴化一日 ……………………………………173

涟水米公祠 …………………………………174

沁园春·吴哥古窟 …………………………174

吴哥（二首） ………………………………175

柬埔寨洞里萨湖贫民 ………………………175

南歌子·步晓川诗兄原玉 …………………176

减字木兰花·德天瀑布 ……………………176

广西大新县明仕山庄 ………………………177

蟹争 …………………………………………177

罗丹《思想者》 ……………………………178

冬日（二首） ………………………………178

　　冻雨 …………………………………………178

　　百日无雪 ……………………………………178

有专家称外星生命事属无望 ………………179

靳尚谊兄为余画素描像 ……………………180

辛卯元宵前，访刘征兄于昌平汇晨公寓，

　　旋得征兄一绝，依原韵奉和 …………180

附：刘征诗 …………………………………181

兔年对联 ……………………………………181

读《影珠书屋吟稿》……………………………………181

辛卯惊蛰后三日见红日西下极为壮观………………182

悼周海婴………………………………………………182

吴为山雕塑工作室……………………………………183

华西村…………………………………………………183

登江阴黄山要塞………………………………………183

过苏州天平山…………………………………………184

杭州西溪小住…………………………………………184

寒食（二首）…………………………………………185

报载照片某校广场五百余学生为母亲洗脚…………185

聂绀弩《马山集》手稿杀青…………………………186

夜坐……………………………………………………186

斜照……………………………………………………186

答友人…………………………………………………187

机中遐想………………………………………………187

长寿之乡巴马（二首）………………………………187

  车行…………………………………………………187

  百魔洞………………………………………………188

咏石……………………………………………………188

朝阳化石歌……………………………………………189

步和梁东八十自白……………………………………190

李东东辞赋杀青得句…………………………………191

八十抒怀……………………………………………191

读《中华诗词》孙中山先生等"耆旧遗音"…………192

中微子（外一首）……………………………………192

  对称……………………………………………192

季子风……………………………………………193

辛亥革命百年……………………………………194

李延声君在中国人物画创作道路上迈出重大步伐，
今以一批非物质文化遗产传承人写真问世，
  赋得七绝志贺……………………………194

清平乐·澳门威尼斯赌场…………………………195

珠海（二首存一）…………………………………195

  石溪亦兰亭……………………………………195

过长沙橘子洲……………………………………196

"天才"广告………………………………………196

龙年将至，戏为二古绝……………………………197

新岁感事…………………………………………197

志在探索…………………………………………198

后记………………………………………………204

再访台湾（七首存五）

自北京转道香港抵台北

时序金秋九月天，穿云破雾借鹏抟。
苍梧朝发霞光满，县圃夕栖潮水寒①。
才赏中秋浮满镜，又期重九上高山。
此行不作离乡梦，但愿航程一线连。

读台北一老人诗

咫尺天涯欲断肠，浪抛泪水涌漳江。
七言五十年吟得："忍把他乡作故乡！②"

日月潭③

潭水悠悠噩梦残，青山宁改旧时颜？
尚存月老迎游众，遗爱长留人世间。

重上阿里山

盘旋九千九，曲折走龙蛇。
云自身前过，山从雾里赊。
目穷通五岳，日落入无涯。
朴野多真味，重尝阿里茶。

台北故宫博物院赏《散氏盘》④

晶如墨玉蕴光辉，草法于斯一线窥。
和约分疆留重宝，只今大统众心归。

2000 年 9 月末—10 月初

【注】
① 《离骚》"朝发轫于苍梧兮，夕余至于县圃。"
② 唐·吕从庆《冬尽》："老矣当樽客，他乡作故乡。"（见《全唐诗补逸》卷十五）元虞集《到先陇为墓人书》："未忍他乡作故乡，故因使骑入陵阳。"
③ 日月潭遭地震破坏，湖上小岛月下老人祠倒塌而月老像无恙。
④ 《散氏盘》：西周厉王金文，19 行 350 字，记矢人将田地移付散时所定契约。

江浦林散之、高二适、萧娴纪念馆

翠竹丛林溽暑天，高山仰止巨人肩。
诗为魂魄书为骨，后启风流悟筏筌。

2000 年 10 月

赠高二适纪念馆

一谔能令众士惊①，高论岂只在"兰亭"！
司空见惯千夫诺②，即此如何论废兴？

2000 年 10 月

【注】

① 谔：直言貌。汉桓宽《盐铁论·国疾》："万里之朝，日闻唯唯，而后闻诸生之谔谔，此乃公卿之良药针石。"

② 司空见惯：唐·孟棨《本事诗·情感》载，唐司空李绅宴请刘禹锡，命歌女劝酒，刘赋诗有句曰"司空见惯浑闲事，断尽江南刺史肠。"千夫诺：《史记·商君传》："千人之诺诺，不如一士之谔谔。"

访日（四首选三）

假名书法

万叶丛中发秀姿①，空灵摇曳舞腰肢。
平安风气谁先著②？五色云笺贵妇诗。

上野公园有搭篷露宿者

胜地何时裹绿衾？晚秋时节嫩寒侵。
贫民无处安身宿，携得猫儿守夜深。

川端康成《伊豆的舞女》写作地

"天上人间会相见"，川端手泽足沉吟。
清溪一缕芳龄女，红叶满山华发人。
浴室温汤凉复暖，乡间故事久弥真。
下山邂逅双双踊③，倪是先生笔下身？

2000年10月—11月

【注】
① 万叶：指万叶诗集。
③ 平安：日本平安时代，公元794年—1183年。
③ 踊：日语称舞蹈者为舞踊。

即事

柴米油盐酱醋糖,缘谁辛苦替谁忙?
飘飘雪片空来去,滚滚红尘露现状。
一夜风霜催寂寞,万家灯火照辉煌。
居然斥鷃横空跃,虽适蓬蒿亦上翔①。

2000 年 12 月

【注】

① 斥鷃、蓬蒿:用《庄子·逍遥游》事。文拟斥鷃对鹏鸟曰:"彼且奚适也?我腾跃而上,不过数仞而下,翱翔蓬蒿之间,此亦飞之至也。"

遣兴

万画都从一画来,折钗、屋漏、草蛇灰①。
纵横开阖随情性,盘曲方圆散兴怀。
才觉钟、王肩可比②,顿教回、祝手中摧③。
雕虫不上凌烟阁④,漫说争攀万岁台。

2001 年 1 月

【注】

① 书法用笔。
② 钟、王:钟繇、王羲之。
③ 回禄、祝融,火神名。
④ 凌烟阁:长安旧阁名。唐太宗、代宗朝都曾图绘功臣像于凌烟阁上。

雪

醒来百物裹银身，势逐方圆两绝尘；
狂舞隔窗思寂寂，高卧拥被听营营。
地球变暖寒潮至，朋友嘘寒暖气盈。
数九天时宜倒计，即消残雪便春耕。

2001 年 1 月

辛巳元日眼结膜出血，状可怖而医云无碍

火眼金睛元日开，悟空为我送年财。
会当抛却紧箍咒，不尽风光眼底来。

2001 年 1 月

题黄胄画《山女赶驴图》

白描彩墨暗相通，妙写人驴数此公。
伯仲天池堪细赏①，不烦赘笔便山中。

2001 年 1 月

【注】
① 上海博物馆有徐渭（天池山人）画《驴背行吟图》。

见水仙花刻削敂曲感作

凌波仙子赋招魂，雅士偏怜敂曲身。
地下定庵曾侧目，愤时岂独"病梅"文①！

2001年2月

【注】
① 定庵即龚自珍，有《病梅馆记》。

南京夫子庙即句 (外一首)

无复堂前栖燕子，新营王谢旧时家。
多情唯有秦淮月，斜照宫门水底花。

栖霞古塔

石头城下早春阑，行到栖霞古道难。
百劫南唐遗宝塔，可怜后主恋参禅①。

2001年2月

【注】
① 后主：南唐李煜。

无题

一句新鲜留齿牙，烂梨万颗兴全赊。
无晴却道有情好，有语偏言无雨些。
格物致知丧我否，学书得道隐机耶？
诵经新进CD片，"净土""往生"都靠它①。

2001年3月

【注】
① 净土、往生，佛教以往生西天净土为修持目标。

辽鹤

辽鹤归来城郭非，东西南北转痴迷：
大街非似童年阔，小巷难将乳燕栖。
江上投鞭断天险①，田间遗迹沐朝晖②。
莘莘学子多才俊，歌舞情阑乐浴沂③。

2001年3月

【注】
① 江阴长江大桥。
② 1999年，江阴发现高城墩遗址，为一高台墓地，属良渚文化，是当年十大考古发现之一。
③ 浴沂：出《论语·先进篇》，孔门弟子曾点将暮春时节"冠者五六人，童子六七人，浴乎沂，风乎舞雩，咏而归"作为生活目标。

上海南京路漫步

又是春风拂柳腰，摩肩接踵亦逍遥。
新铺路石应知否？"五卅"枪声黄浦潮①！

2001 年 3 月

【注】
① "五卅"枪声：1925年5月30日，上海各界反帝爱国运动遭到英国巡捕的开枪镇压，史称"五卅惨案"。

目疾"飞蚊"

甚矣谁陈兀自惊，清时满眼布蚊蝇。
转身不去相随紧，挥手还来直闹营！
尘世目盲因五色①，平生心累为深情。
争如一枕清凉梦，不识沉浮与晦明。

2001 年 3 月

【注】
① 目盲五色：帛书《老子》甲本："五色使人目明"，帛书《老子》乙本："五色使人目盲"，今本《老子》（傅奕本《道德经古本篇》）："五色令人目盲"。宋•李邦献《省身杂言》："目主明，五色可以盲其明。"五色指青黄赤白黑。

辛巳春扫母坟

芳草残阳几度春，山山水水母亲身。
音容共与尧天在，养育能胜雨露恩。
地下慈魂知我者，墓前正气慰先人：
世间多有荒唐事，正义待伸南海滨①！

2001 年 4 月

【注】
① 2001年4月1日美国一架侦察机侵入我海南岛东南海域上空。

郊行

城里垂杨未挂丝，东风驰荡出城时。
不辞庾信文章老①，但惜美人芳草迟②；
信手拈来勤是本，闭门谢去懒宗师。
五星宾馆年年有，燕舞莺歌亦好诗。

2001 年 4 月

【注】
① 庾信文章：唐·杜甫《戏为六绝句》："庾信文章老更成，凌云健笔意纵横。"
② 美人芳草：屈原《离骚》以美人迟暮、芳草凋零寄寓情怀。

柽舅自沪上来京

尘土经年忆遂初，乡音未改共唏嘘。
黄梅五月阴晴雨，银烛通宵图史书。
直道事人终不改，高台明镜本来无①。
叮咛唯有加餐饭，不使文章饲蠹鱼。

2001 年 5 月

【注】
① 六祖慧能诗"菩提本非树，明镜亦非台。本来无一物，何处惹尘埃"。

沙尘暴

卷地狂沙望眼迷，盲人瞎马路边溪。
方将书柜揩干净，又入窗台拂乱飞。
弱柳新栽腰折损，骄阳失色景凄迷。
新闻再报天时恶，濯濯牛山隐祸机①。

2001 年 5 月

【注】
① 濯濯牛山：明·蒋悌生《五经蠡测》有保护环境之议，曰："人得而取之，无有禁限，时时而薪之，元时或穷，借使松柏樟楠之高大，民欲薪之固不可得，苟得伐而薪之，则今日之斧斤而明日牛山之濯濯矣，又安能继续而资民用哉！"

淡味

寂坐池塘欲破纹,东风拂断远山痕。
春归病懒疏摇管,淡味潜从纸上生。

2001 年 5 月

临池偶作(二首)

(一)

立意云云在笔先,临时应变忘蹄筌。
若言荡桨通书法,浪遏中流上水船。

(二)

聚墨成形无定则,随行随止便当时。
能书不择管城子①,小大由之得所宜。

2001 年 5 月

【注】

① 管城子:指毛笔。语出韩愈《毛颖传》文中以笔拟人,有"围毛氏之族,拔其毫,载颖而归……封诸管城,号曰管城子"云云,后以为笔之别称。

咸亨酒店

有客皆西服，无人着布衫。
回香豆增价，绍酒性微甜。
黑板无馀债，红绫不负廉①。
门前孔乙己，顾影自羞惭。

2001年6月

【注】
① 红绫：红色的有花纹的丝织品，这里指赏赐物品。晚唐德宗时，宫廷以绡绫充作市场交易的钱币；白居易（772—846）《卖炭翁》："半匹红绡一丈绫，系向牛头充炭直。""直"即价值，同钱币。

夜宿郊区农村（二首）

（一）

浓云薄雾暗疏星，杂草丛生数点萤。
踏遍深宵三十里，机声断处一蛙鸣。

（二）

轻雷塘外雨浇淳，播种乘时旭日晨。
揖问田间耦耕者，乡音非是北京人。

2001年6月

2001年6月23日帕瓦罗蒂、卡雷拉斯、多明戈三大男高音在故宫午门前演唱

未央宫殿起箫韶，别造梨园人胜潮。
百炼精钢柔绕指，清商响彻月轮高。

2001 年 6 月

夏日南行

日日晴空照眼明，绿缘不动暑炎升。
山如巨斧千般劈，人似清流不舍停。
蝉噪方添幽野趣，池平深蓄暮云横。
闲观落日心犹壮，数点归帆万种情。

2001 年 7 月

题平江散文集《匆匆三月》

湖上清涟细雨中，冰轮秋夜冷梧桐。
客心怀旧低回处，影入秦淮十里风。

2001 年 7 月

敖包（二首）

（一）

草原新月一弓弯，绿野无垠夜半阑。
欲问少年相会处，早知心曲众相传①。

（二）

绕坛三匝祭敖包，洒酒临风肃气高。
半尺红绫牵碎石，亲人祈福托云雕。

2001年8月

【注】
① 心曲，指歌曲《敖包相会》。

题黄胄画

重弹冬不拉，依然于阗舞。
动乱十年整，事事多邪许。
丹青弃敝屣，国宝视粪土。
美丑皆不分，"黑画"猛于虎！
有唐阁中书，訾屈能受侮①。
物极终必反，重振旧旗鼓。
不伤知音稀，愿惜艺者苦。

2001 年 8 月

【注】

① 《唐书·阎立本传》："初太宗与侍臣泛舟春苑池，见异鸟容与波上，悦之，招坐者赋诗。召立本俾状。阁外传呼画师。阎立本是时已为主爵郎中，俯伏池左，研吮丹粉，望坐者羞恨流汗。归戒其子曰：吾少读书，文辞不减侪辈，今独以画见知，与厮役等，若曹慎毋习！然性所好，虽被訾屈，亦不能罢也。"

观画有作

漫说凌云志，遂初知所归。
真金须不镀，无事便生非。
六月扬霜雪，一笼呼豕鸡。
天凉真个好，风起莫遮衣！

2001 年 8 月

七旬

日日是生辰,吾行在日新。
不邀人庆寿,但愿自由身。
将近中秋节,时兴七巧文①。
京华倦游客,谁与论前因?

2001年8月

【注】
① 七巧文即乞巧文,旧有七夕乞巧之俗,柳宗元七月七日夜作《乞巧文》。七巧文又有拼凑之意。

东行(四首)

(一)

驱车今日又重来,红瓦黄墙次第开。
天际长虹堪入画,一桥飞架傍山隈。

(二)

梧桐一叶知秋肃,松柏常青不计年。
枕上潮头今古事,垂帘斗室梦悠牵。

(三)

欲借海螺呼大海,复从夕照惜馀光。
沙滩日日新消息,笔底波澜未肯降。

(四)

泉池见底深如浅,山路崎岖险转夷。
最爱峰高攀不足,年来诗思入清奇。

2001 年 8 月旅次青岛

酬友人赠湖笔

闲来且罢手书空,独运湖州老笔宗。
提顿秋毫明眼察,精华内敛蕴藏锋。

2001 年 9 月

题画鸡

斋名报晓，君起独早。
五德尚信①，争分计秒。
飞鸣啄食，与人相好。
莫厌鸡虫，但求食饱。
人性固然，袭击骚扰。
林君画鸡，鸡也有道。
阔笔写意，不务夭矫。
相呼可喜，斗亦易了。
生态平衡，远虑环保。

2001年9月

【注】

① 五德：《文选》李善注引《韩诗外传》载田饶谓鲁哀公之语曰："夫鸡，头戴冠，文也；足有距，武也；见敌敢斗，勇也；有食相呼，仁也；夜不失时，信也。鸡有五德。"

安吉吴昌硕纪念馆得句

画法每从书法出，诗情还自世情来。
缶翁嘱我传心语："四绝"今徒具体骸！

2001年9月

谒于谦祠见鼠

硕鼠穿行广厦间,虽然幽暗享琼筵。
李斯少小观仓廪,食粟居庑自处安①。

2001 年 9 月

【注】

① 事见《史记·李斯列传》:"李斯者,楚上蔡人也。年少时,为郡小吏,见吏舍厕中鼠食不洁,近人犬,数惊恐之。斯入仓,观仓中鼠,食积粟,居大庑之下,不见人犬之忧。于是李斯乃叹曰:人之贤不肖譬如鼠矣,在所自处耳!乃从荀卿学帝王之术。"

集安(三首)

途中

塞外江南阜物华,碧空澄净望无涯。
天然画板调颜色,烂漫非同二月花。

高句丽古墓壁画

墓室画图源隋唐,青龙白虎跃房梁。
伽耶琴韵扬悠远,散入滔滔鸭绿江。

好大王碑

奇文漫漶发奇思，何处移来竟几时？
方折雄强承汉脉，下为真楷创鸿基。

2001 年 10 月

题李苦禅画鸡

见食相呼为有德，相争时或张双翼。
世无朱竹便施朱①，老笔但凭些少墨。

2001 年 10 月

【注】
① 东坡事。

有誉拙诗者，觅句以酬

莫问前程知己少，烛犀一点即通灵。
起居行止存诗意，远适贪生涉世情。
奇想每从禽夜发，清怀便向故人迎。
重阳佳节老吾老，何物身前后世名？

2001 年 1 月

书怀

满城萧瑟又金风，才过中秋苦似冬。
布裘新裁增雀跃，镜台老态渐龙钟。
诗书案上堆重叠，车马门前变幻中。
远地友朋承屈驾，雕虫语罢说寒虫。

2001 年 11 月

酬一丹、孟为伉俪以子萱胎发制笔见贻

天生一个小灵胎，预卜他年咏絮才。
愧我贪天占异宝，爱她堕地散奇财。
死生毫发论千古，得失文章问九垓。
昨梦神锥花又发①，老夫心向稚儿开。

2001 年 12 月

【注】

① 神锥：即毛锥，指笔。据《开元天宝遗事》载，大诗人李白曾梦所用之笔，头上生花，此后文思敏捷，诗才横溢。

菊花

无尽秋光无尽思，萧萧黄叶漫吟诗。
菊花却减东篱色，人力催成富贵枝。

2001 年 12 月

太白楼（二首）

牛渚

异代同牛渚，悄然太白楼。
空传投水处[①]，不绝逐江流。
潇洒愁肠醉，飘零足岁游。
余风兮万世[②]，捉月可排忧？

大鹏

大鹏力疾向南溟，摧折中天路不行。
酒沃愁肠寒后世，骚人过此泪眶盈。

2002 年 1 月

【注】
① 投水处，据《一统志》载，旧传李白于牛渚采石矶醉酒入水捉月，溺水而死。
② 李白《临路歌》："余风激兮万世。"

辛巳病起

不是忙中即病中，有情岁月太匆匆。
侈言良药多须苦，难会好诗穷益工。
数九寒天异常暖，成群细菌不畏冬。
抬头争战方酣日，孰个忧心话"克隆"？

2002 年 1 月

题沈尹默佚诗

桃李不言蹊自成，《秋明集》后散馀馨。
心声曲意传心画，摩诘前生当世身[①]。

2002 年 1 月

【注】
① 王维："当世谬词客，前身应画师。"

跋自书《古诗十九首》

古诗溯悠远，音响一何悲！
世路或可逆，物事与心违。
念彼浪游子，无枝可凭依。
天寒复日暮，人马相困疲。
欲采芙蓉去，远道复多歧。
漫云客行乐，聊自解忧思。
我书十九首，生年不共时。
上下二千载，墨迹和泪垂。
何以慰游子，报与明月知！

2002 年 1 月

辛巳岁朝（三首）

采茶人语

一日银毫三日菜，清明节后无人卖。
劝君采摘速乘时，莫使珍茗同草芥。

麻雀

飞鸣啄食在田塍，枉直由人岂力争？
不记当年除害急，喧天锣鼓误苍生。

梅

老干若无红粉云，孤身徒托一枯根。
红云因得相扶协，冰雪寒凝铁石魂。

2002 年 2 月

丰子恺故居（二首）

缘缘堂

"缘缘堂"系童年梦，白发登堂遂梦圆。
还我童心图画里，年华似水思悄然。

子恺塑像前

银发飘髯沐晚风，早从《随笔》想清容①。
心香一瓣朝前揖，杨柳数条同鞠躬。
生态平衡《护生集》②，天人相合得天工。
东君到处春花发，萍迹石门禅意浓③。

2002年2月旅杭州

【注】
① 《随笔》指丰子恺《缘缘堂随笔》《缘缘堂再笔》。
② 《护生集》，丰子恺漫画集之一。
③ 石门，丰子恺旧居在桐乡石门镇。

苏州退思园

天然一座盆中景，剔透玲珑点缀成。
针刺女红双面绣，池开仙境一帘晶。
窗含松竹空间阔，壁隐文书异样生。
若不游人纷似织，枝头蜷鸟勿须惊。

2002年2月

枫叶歌

忆昔初进燕都日,朝夕香山对红枫①。
书生意气竞奋发,何堪盘桓花树丛?
弦歌弹指五十载,香山霜叶付梦中。
同窗异地云泥隔,半生落魄皆成翁。
更有落寞黄泉下,献身可否遂初衷?
苦忆香山不渝志,红枫与我总相通。
前月加国展书艺②,卫护环境第一宗。
我书小杜《山行》句③,加拿大盛开枫树。
不见彼地旗帜上,红白相间国魂铸?
萧散清隽廿八字,借我秃笔泰西去。
小杜地下不可见,我坐名句得美誉④。
古今中外有常理,人间关爱应常驻。

2002年2月

【注】

① 1949年作者就读于香山北京新闻学校。
② 加国即加拿大。
③ 杜牧《山行》:"远上寒山石径斜,白云生处有人家。停车坐爱枫林晚,霜叶红于二月花。"
④ 坐,因为。

报载有议南京大屠杀纪念馆改名"国际和平中心"引起反响

目盲迷五色,耳聪一何塞!
不见雨花台,夜夜鸣断戟!

2002 年 3 月

陈子昂读书台[①]

斯人不可见,石阶年复年[②]。
侧耳书声近,登台接幽燕。
建安留风骨,李杜扬前贤。
难用因才大,岂惟"独怆然"!

2002 年 4 月

【注】
① 陈子昂读书台:在四川射洪金华镇金华山。唐代文学家、政治家陈子昂为射洪人。
② 陈子昂读书台凡365级,人谓登一次即一年。

青城山（二首）

缆车登山

云山四面我重来，杂树丛生不待栽。
铁角海棠红胜火，玉兰灯下玉兰开。

上清宫

三十六峰云脚平，蝉鸣焕发一山青。
紫薇花引东来气，便觉身轻已上清。

2002 年 4 月

三星堆（八首）

神坛

悠悠祀万物，赫赫立神坛。
刀光和剑影，渺古此人间！

祭祀

纵目昊天外，谛听六合声。
人神相一体，烈火炼精灵。

神树

海外有扶桑，虬龙盘曲藏。
奇思哥特式①，直欲叩彼苍！

飞鸟

青铜熔铁血，飞鸟状纹形。
远古悠悠梦，天边逐日星。

鱼纹

玉璧开图画，游鱼最可人。
仰韶陶钵上，人面伴鱼纹。

十日

昊天耀十日，其内息金乌。
九日何人射，已传后羿无②？

玉器

玉出昆冈早，庖丁无过巧。
若非神斧开，戛戛劳人造。

藐矣

藐矣真如梦，沉沉不解迷。
五千年一瞬，人类尚熹微！

　　　　　　　　　　2002 年 4 月

【注】
① 欧洲中世纪建筑。
② 后羿：上古夷族首领，善射。《淮南子》载有后羿射九日的传说。

过望帝陵

啼鸟未闻催布谷，杜鹃早发火红花。
应怜望帝春心在①，耕事废兴千万家。

　　　　　　　　　　2002 年 4 月

【注】
① 望帝：传说战国时蜀王杜宇，号望帝。因水患让位于臣，退隐西山，死后化作杜鹃，啼声凄切，泪尽流血，史称"望帝啼鹃"。望帝亦为杜鹃别称。

苏州访沙曼翁

巷深不掩墨花香，春到姑苏细柳长。
驻足游人相指点，"一人弄"里一人藏①。

2002 年 5 月

【注】
① 沙老苏州住处"一人弄"，弄狭仅容一人过往。

柳絮

因风有孔皆能入，花谱无她也著花。
春尽探春春足惜，少陵肠断作诗家①。

2002 年 5 月

【注】
① 杜甫《漫兴》："肠断江春欲尽头，杖藜徐步立江洲。癫狂柳絮随风舞，轻薄桃花逐水流。"

笔殒（二十首）

（一）

巨幛书成壁上观，锥毫脱落忽成残。
十年一剑真如此，宁惜馀年鬓发斑？

（二）

梦笔生花笔散花，笔兮辛苦亦堪嗟。
一从秦将搜三窟①，多少儒生格上爬。

（三）

春归懒读《瘗花铭》②，却数锥毫伴落英。
尤物还从天地去，随行随葬过清明。

（四）

非是江郎已尽才，流光容与尚徘徊。
爱移黄土埋残管，一夕能催百卉开。

（五）

乐此吾疲罢亦难，心花欲放此花殚。
要津不与雕虫事，况是凭几独暮寒。

（六）

方圆曲直枉由人，工具曾充驯服身。
散发扁舟归去也，秋风乍起忆鲈莼。

（七）

力耕不觉鬓毛衰，勤拂案头初积埃。
弃我无痕应有意，勉将凡骨换金胎。

（八）

一毫脱落万毫颓，齐力犹须逆水推。
旧学无多新进少，新年又入旧年催。

（九）

亦恶时风亦尚同，有时兴至挟清风。
笔残总为多承力，力在其中是藏锋。

（十）

散入乾坤混迹尘，云霄万古一毛新。
若言此去无馀憾，报与群芳共惜春。

（十一）

予欲无言欲敛言，毛锥挥去又跟前。
今朝定与君相约：作罢斯篇不续篇。

（十二）

陟彼高冈苦负荷，年来翻是出新多。
辉煌盛世居安日，毋忘思危夕枕戈。

（十三）

倚马千言未足奇，一言传道即吾师。
擘窠巨榜蝇头字，大小由之识所归。

（十四）

盗跖寿终颜子夭③，中山兔颖竟先凋。
力穿纸背因招损，苟利生民不避劳。

（十五）

朝发传真暮速催，王生耻听说"嗟来"④。
高山流水谁人会，能事无能谢不才。

（十六）

入得专门无足观，不遑谈戏不暇餐⑤。
烟斯庇里纯消减⑥，容膝宽馀却少安。

（十七）

自书俚句自长吟，自采葑菲抵万金。
才近糟床若沈湎，已迟发愤但求心。

（十八）

作嫁为人人笑痴，悬梁刺股已非时[7]。
蝇成误墨闲喷饭[8]，不悔年年得句迟。

（十九）

九朽一罢忘筌蹄[9]，虽在新奇不自欺。
笔冢如何论了得？揉沙激泪泪招讥。

（二十）

五色令人目眩昏，我从诗意悟书魂。
真情所寄斯为美，疑似穷途又一村。

2002 年 5 月—2003 年 5 月

【注】

① 秦名将蒙恬，据说曾以兔毫改良毛笔。"三窟"，藏兔之地。
② 梁代庾信作《瘗花铭》。
③ 盗跖：传为春秋末期人，在庄子笔下是十恶不赦的恶人。颜子，孔丘弟子颜回，德行高尚而早卒。元胡震《周易衍义》曰："由其变而观之，以原宪而贫，以季子而富；以颜子而夭，盗跖而寿，其祸福又有不自已致之者。"

④ 王生指唐·王宰。杜甫《戏题王宰画山水图歌》："十日画一水，五日画一石。能事不受相促迫，王宰始肯留真迹。"

⑤ 见赵壹《非草书》。戏者，戏笑也。

⑥ 烟斯庇里纯，英语"灵感"一词译音。

⑦ 悬梁刺股，用功苦读之典。《太平御览》引《汉书》佚文曰："孙敬字文宝，好学，晨夕不休，及至眠睡疲寝，以绳系头悬屋梁，后为当世大儒。"又《战国策》载苏秦研读《太公阴符》时"欲睡，引锥自刺其股"。

⑧ 唐张彦远《历代名画记》："曹不兴，吴兴人也。孙权使画屏风，误落笔点素，因就成蝇状。权疑其真，以手弹之。"又一说，"误墨（笔）成蝇"事出杨修为曹丕画扇。

⑨ 九朽一罢：宋·邓椿《画继》："画家于人物必九朽一罢。谓先以土笔扑取形似，数次修改，故曰九朽；继以淡墨一描而成，故曰一罢。罢者，毕事也。"忘筌蹄：《庄子·外物》："筌者所以在鱼，得鱼而忘筌；蹄者所以在兔，得兔而忘蹄。"

晋中（四首）

第13届中日友好自作诗书交流展开幕

青蛙古水芭蕉句①，白鹭行天杜甫诗②。
借得晋祠泉水涌，灌浇邻友并连枝。

双林寺·归来

横眉怒目金刚态,俯首虔容供养人。
寺庙归来无别事,全凭慧眼识其真。

双林寺·塑像

双林、保圣不同宗③,仙界情缘下界通。
圣母殿中宫女像④,人间世态宋、元风。

傅山碑林

绿杨荫里数巡回,亦取南宫亦取颜⑤。
良相良医何所事?一方贞石一真山⑥。

2002 年 5 月

【注】
① 日本俳句作家松尾芭蕉有"古池呀,青蛙跳入水声响"之句。
② 杜甫句"一行白鹭上青天"。
③ 保圣寺,在苏州甪直。
④ 圣母殿在晋祠内。
⑤ 南宫,米芾号南宫舍人。颜,颜真卿。
⑥ 真山是傅山号。傅山亦通医道。

2002年6月8日与书界同仁共赏米芾《研山铭》真迹（三首）

（一）

为有笔锋开八面，遂招嘉友四方来。
研山老米曾参拜，今我亲临宝晋斋。

（二）

宛对南宫疾运时，天真振迅出奇姿。
澄心堂纸廷圭墨①，三十言铭发异思。

（三）

今朝有幸见真龙，我好真龙胜叶公。
唯恐真龙飞欲去，文坛俊彦此心同②。

2002年6月

【注】

① 据《徽州府志》：黟歙良纸，号凝霜、澄心，后者一幅长达50尺，首尾匀薄如一，史称"肤卵如膜，坚洁如玉"，南唐后主李煜推崇为"纸中之王"，辟堂藏之，命之"澄心堂纸"。澄心堂位于绮春园西路南湖岛上，

初称竹园。五代时奚超、奚廷圭父子制造出"坚如玉、文如犀",浸入水中三年不坏的"丰肌腻理、光泽如漆"天下第一品佳墨,南唐后主李煜封奚超为墨官,赐国姓李氏,"廷圭墨"亦称"李墨"。

② 书界同仁建议国内购留《研山铭》。

西程故里

程村车过证前缘,兀立碑文序《易传》①。
随柳傍花多乐事②,始知道亦寓山川。

2002 年 6 月

【注】
① 程颐著《易传·序》。
② 程颐诗句:"云淡风轻近午天,傍花随柳过前川。"

洛浦

细雨微风浑似秋,骄阳暂隐积云稠。
孤鸿回首惊魂处,倪是洛川神女游①?

2002 年 6 月

【注】
① 三国魏曹植《洛神赋》咏洛水之神宓妃,文有"翩若惊鸿"之句。

天门山

双峰排闼送青来,电塔入云相对开。
战士防洪争未雨,翁婆合桨唱渔回。

2002 年 6 月

访日(四首)

东京行车

结缘书道溯同文,滚滚车流溽暑尘。
举目骄阳旋落早,东行舍得一时辰①。

长野东山魁夷纪念馆

诗情禅意两难分,《云影》《涛声》纸上闻②。
最是唐招提寺画,十年镕铸大和魂。

子规庵③

犹见凭窗抱冷衾,风吹白纸发清吟④。
庭园灼灼凌霄树,应念子规啼血深。

葛饰北斋纪念馆

浮世绘图三巨翁⑤,北斋最与庶民通。
街头巷尾都成画,意匠恢宏富士峰。

2002年7月6日—13日旅日途中

【注】
① 中日两国时差一小时。
② 《云影》《涛声》:东山魁夷画题。
③ 正冈子规(1867—1902),俳句大作家,在短促而多病的一生中为日本俳句革新作出了重大贡献。子规庵在东京,为正冈子规病逝处。
④ 子规句"夏日山风来,桌上白纸尽飞去。"
⑤ 浮世绘兴起于江户时代,著名的三大画家:喜多川歌麿、安藤广重、葛饰北斋。

绿野

绿野而今安在哉?大开广厦气如雷。
霓虹闪烁人工树,机器轰鸣鸟迹灰。
豆腐工程宜改造,时装表演出新裁。
城乡一体营销旺,文物犹存御寇台。

2002年8月

徐州谒李成蹊老师（二首）

（一）

长记前缘立雪时①，乡音未改是吾师。
沧桑语罢华灯起，温故从头诵"学而"。

（二）

相问"别来何所事"？花开花落两逢时。
云舒云卷司空见，为有平常心到兹。

2002年8月

【注】

① 立雪：《宋史·杨时传》载：杨时访程颐时，"颐偶冥坐，时与游酢侍立不去，颐既觉，则门外雪深一尺矣。"后用为尊师之典。

汉墓即句

墓室深深深几许，昏昏世上历冬春。
生前乐事冥中受，盗墓原来筑墓人。

2002年8月

砚铭赠汪锡桂君

炼石无补苍天，孜孜兀兀穷年。
螺子管城为伍，宜乎尊号曰田。

2002 年 9 月

田横岛

舟行指点说田横，孤屿群礁激浪生。
五百义师无反顾，千年荒冢不平鸣。
终于国运归刘汉，怎奈人心背帝嬴[①]。
节近中秋月将满，举头清气倍分明。

2002 年 9 月

【注】

① 刘汉：刘邦建立的楚汉政权。帝嬴：始称皇帝的秦王名嬴政。

读宋教仁遗诗即句

卜居知屈意，渔父诉衷肠①。
百岁从容过，馀音激上苍。

2002 年 10 月

【注】
① 渔父，宋教仁号。

虞美人

报载某四年级小学生因未能连任班干部以致停学、绝食。

　　学优则仕乘年少，保住乌纱帽。岂能白首作迂儒，小子寻根问底竟何如！　　官为本位多嘉惠，如此凭聪慧。时风若厌读书多，索性人人自觉比甘罗①。

2002 年 10 月

【注】
① 甘罗，战国时秦相甘茂之孙，12岁封为上卿。

太湖包山寺题联

禅寺包山山包寺
太湖浴佛佛浴湖

2002 年 10 月

太湖（二首）

三山岛

一岛分吴越，三山落太湖。
登高观代谢，临远识盈虚。
欲向蓬莱去，相闻鸡犬呼。
有言游客旺，众草莫生芜！

泽畔深秋

范蠡乘舟去①，伍胥悬目看②。
干戈风雨急，玉帛地天宽。
日落燐光暖，鱼游饮水寒。
萧萧催木叶，泽畔几盘桓。

2002 年 10 月

【注】
① 范蠡乘舟：范蠡助越王勾践灭吴后，知其只能共忧患，不能同安乐，遂放弃高官厚禄，泛舟五湖。
② 伍胥悬目：伍子胥劝吴王不要与越国结盟，吴王不听，子胥以死谏之，并说"悬吾目于东门，以见越之人，吴国之亡也。"后吴果为越国所灭。

澳门大三巴

百劫馀生伟岸墙，栉风沐雨证沧桑。
珠还再度重游日，魂宿今宵醉梦乡。
北国报寒凝积雪，三巴回暖泛崇光。
携来众侣怀陈迹，《七子之歌》未敢忘①。

2002年12月

【注】
① 《七子之歌》：闻一多写澳门被异国割据之爱国诗篇。

友人赠花篮感作

花入残年斗室春，浓妆艳抹总宜人。
亭亭玉立勤装点，款款芳姿巧作文。
有觉东篱疏野趣，偏教国色远芳辰。
人工所得终于浅，更有沿街赝品珍。

2002年12月

泰国（三首）

浪淘沙·桂河大桥

二战期间日寇从亚欧各地抓劳工铺筑泰缅铁路

白骨已长眠，河水呜咽。太平洋上布狼烟。枕木囚徒驮瘦脊，铁轨魔鞭。　桨影伴佳筵，歌舞灯前。此情恍若已全捐。行尽桥头寻折戟，汽笛鸣天！

菩萨蛮·暹罗湾

波平大海真如织，蓦然雪浪倾天遏。共济一方舟，险境任沉浮。　同为天地客，失水鱼虾食。强者御长风，霎那越时空①。

银鳞

银鳞浴日正逍遥，船上游人诱饵招。
嬉戏无间一江水，晚来席上享佳肴。

2002年12月

【注】
① 海边有跳伞者。

鹊桥仙·"人妖"表演

声光杂沓,满台娇艳。拂乱青春花季。无边风月隐凄迷,竟忘却、身儿何寄? 无分鹿马①,混淆鸾凤。凡事逢场作戏。念他子弟出良家,又看那、婆娑舞起。

2003 年 1 月

【注】

① 不分鹿马:《史记·秦始皇本纪》:"赵高欲为乱,恐群臣不听,乃先设验。持鹿献于二世,曰:'马也。'二世笑曰:'丞相误邪,谓鹿为马。'问左右,左右或默,或言马,以阿顺赵高。或言鹿者,高因阴中诸言鹿者以法,后群臣皆畏高。"此用典故字面。

满江红·哥伦比亚航天飞机遇难

有际无边,混茫里、七星隐列。方昨日、志冲霄汉,笑言相别。船近家园遭不测,身熔大化何仓卒!电波传,火里凤凰生,诚英烈。 真勇士,追日月;河岳近,思超越。屈原昂首问①、夸父焦渴②。黑洞深通相对论,光年邈远时空迭。鉴前车、后继者争雄,长无绝!

2003 年 2 月

【注】
① 屈原昂首问：屈原《天问》，对宇宙初始提出探究。
② 夸父焦渴：《山海经》载有夸父逐日的传说："夸父与日逐走，入日，渴。"

题画梅

陈从周画，步俞平伯书先德七绝韵。

> 淡抹微云抱本真，一枝斜影独占春。
> 元章洗砚池头见①，不与他家弄粉人。

2003 年 2 月

【注】
① 元章：元代画家、书法家、诗人王冕（1287—1359），字元章，号放牛翁、梅翁、梅叟等，画梅别具一格，尤擅墨梅，题画诗《墨梅》广为传引："我家洗砚池头树，朵朵花开淡墨痕。不要人夸颜色好，只留清气满乾坤。"元章《墨梅图题诗》《竹斋集》等著述传世。

题李从军画琴棋书画四艺图

心手相随手慕心，笔追肌理墨花淫。
巴人下里郢中听，白雪阳春万古音[①]。
悟得人天同合一，道通技艺始精湛。
若非世与时俱进，"四旧"批评直到今。

2003年3月

【注】

① "巴人"二句：战国楚·宋玉《对楚王问》："客有歌于郢中者，其始曰《下里》《巴人》，国中属而和者数千人……其为《阳春》《白雪》，国中属而和者不过数十人……是其曲弥高，其和弥寡。"

楼道壅塞

吾家偏爱门前雪，休管他家雪上霜。
敝帚奇珍盆聚宝，烂梨足惜架铺床。
楼台近水先占月，风雨同舟且闭窗。
世味年来纱样薄，转言房价日高昂。

2003年3月

即事（二首）

缩手

缩手安身闭暮寒，闲来心绪发无端。
乱红飞絮窗前过，新绿抽芽雾里看。
百事废兴人上下，三春寂寞鸟盘桓。
咎由自取求诸己，大道青天别样宽。

来无

来无影迹去无踪，恍惚迷漫隐小虫。
信口开河唾飞沫，立身空穴浪随风。
人言那得畏如许？口罩还须慎数重。
春暮期留春永驻，病痊更把病源穷。

2003年5月时"非典"肆虐

"非典"献身之护士长叶欣塑像（二首存一）

白玉真身白玉衣，人间天上已云泥。
艰难呼吸留遗爱，笑示众生"零距离"。

2003年6月

皖南行（六首存五）

泾县桃花潭①（二首）

（一）

汪伦李白桃花水，青石朱栏送客台。
岸上踏歌闻不得，值今离合几多回？

（二）

桃花已逐潭溪远，别意还随岁月长。
若是真情长永驻，何须千尺比裁量？

棠樾牌坊群

七座牌坊七重（仄）山，重重（平）梦魇苦摧残。
雕龙镂凤庄严相，"贞节"高悬圣旨颁。

黄山人字瀑

久雨初晴色色新，山光峦表逐层分。
路回忽听风雷吼，百丈飞流大写"人"②。

九华山③

莲峰托出阴阳界，二气行时割晓昏。
山近天边星日捧，地多孽障鬼人分。
求签许愿燃千烛，图报消灾净六根④。
为善生前宜及早，不闻下界有沉沦？

2003 年 6—7 月

【注】

① 泾县桃花潭：在安徽泾县西南40公里青戈江边，为汪伦送李白处。李白于此作《赠汪伦》诗曰："李白乘舟将欲行，忽闻岸上踏歌声。桃花潭水深千尺，不及汪伦送我情。"

② 人字瀑形如"人"字。高尔基云："人应该是大写的。"

③ 九华山地处皖南，与五台、普陀、峨眉合称中国佛教四大名山。九华山供奉地藏王菩萨。

④ 六根：佛教以眼、耳、鼻、舌、身、意为六根；以"六根清净"为修持之戒。又以"善有善报"、"祈福消灾"之说劝人向佛，此乃佛家之方便法门，已将佛世俗化。

京郊小憩（四首存三）

溯源

山不求高山势雄，水深流静水从容。
一程曲折三飞渡，溯到源头第几重？

小泊

水复山重暑气煎，片云不动日生烟。
行舟小泊岩阴处，始觉炎凉各有天。

驴

闻道行空千里马，不甘伏枥异凡人。
崇山峻岭盘肠道，生就斯驴负重身。

2003 年 8 月

七二初度午醒

无酒无花无自寿,浑然一觉日偏西。
汽车深巷驰金笛,宠物高楼搭电梯。
事过境迁多健忘,云舒风卷不迷离。
案头山积何时了,今是当思昨事非。

2003 年 8 月

中央电视台杏花村杯书法大赛即句(二首)

(一)

朝乞熹微夜续灯[①],志存砺剑剑锋生。
还将凡眼观千器[②],不羡精能贵道成。

(二)

溯源心画有传灯[③],知命应须畏后生。
全球一体趋同日,独秀东方老更成。

2003 年 9 月 6 日

【注】
① 夜续灯:焚膏继晷,夜以继日。
② 观千器:《文心雕龙》:"观千剑然后识器。"
③ 传灯:佛家语,指传法,宗业传承,后用作后继有人意。

荷塘（二首选一）

秋雨池塘润绿苔，一年好景再安排。
荷花才落香飘远，已露莲蓬送子来。

2003 年 9 月

韩国行（四首存三）

临海殿①

云中雁字几时回，秋意初侵草木摧。
废垒烬馀埋柱础，夯基重起九层台。

赵守镐先生书偈语有"万里无云万里天"之句，补为一绝

万里无云万里天，一程圆月一程船。
人生俯仰如斯境，不立灵文便入禅。

韩国济州岛观玄晭璨先生书韩文字条幅

非是篆书非是隶,分明篆隶精神寄;
纵横有度出瑰奇,笔若孤松刚毅气。

2003 年 9 月

【注】
① 临海殿,公元938年敬顺王为高丽太祖王建宴会之地,朝鲜时代变废墟,聚集雁鸭,故名雁鸭池。

鹊桥仙·"神舟"五号飞船

　　金风送爽,晴空报捷,河汉迢迢出没。一人一步上云梯,引亿众、神驰揽月。　　千年情结,梦圆十五①。万户凌空喋血②。偷灵药岂让姮娥?事在眼,人方小别。

2003 年 10 月

【注】
① 十五,指2003年10月15日。
② 万户,人名。生于14世纪末明代。国际公认第一个利用火箭飞行的人。

圆明园

残柱雄浑证故园，夕阳斜照火焰燃。
"仙人承露"从头塑①，皇帝新衣照旧穿②。
断石砌桥馀半孔，小池插柳补前缘。
生肖金像流西国，片羽连城重赎还③。

2003 年 10 月

【注】
① 仙人承露乃园内一景。汉武帝刘彻听信方士，制金铜仙人承露盘，接饮露水以为能长生不老。
② 入园处有制皇帝御衣出租留影。
③ "生肖"二句：圆明园大水法十二生肖铜像是流散海外的国家级文物，2003年中国保利艺术博物馆以3317万元港币，从香港佳士得、苏富比两家拍卖行购得铜牛头、猴头和虎头三件，何鸿燊又于美国私人收藏者手中购回铜猪头，捐赠保利艺术博物馆。

一剪梅·雷雪

滚滚寒流激电催，直击当头，横扫层台。四时颠倒竟何来？不似机鸣，好个奔雷！　　万朵银花彻夜开，装扮关山，涤荡尘埃。良才朽木共遭摧。小遇天灾，须避人灾。

2003 年 11 月

报载比利时遗留"一战"军靴照片

敝屣已然成化石,无情岁月积霉苔。
残阳血色笼深影,犹照劫馀未冷灰!

2003 年 11 月

浙东行(六首)

西泠印社百年

行尽孤山道不孤,八家流韵百年朱。
地灵争似人多杰,今古英魂西子湖。

西泠印社印展遇雨

手泽如新润泽长,西湖微雨饰云裳。
邓翁"断岸江流"玺[①],雾散云开发异光。

雷峰塔遗址出土文物

密雾浓云涌塔尖,湖山竟日隐芳颜。
静观地下庄严相[②],便接思潮上九天。

浙江舟山定海，余先祖桑梓之地。

偶然东渡寄萍踪，风物云天似旧逢。
僧侣名山"往生咒"③，渔人大海探鸿蒙。
飘洋早识沉浮恶，入世方知直道穷！
先祖勤劳生息地，浊醪夜半意深浓。

癸未冬夜泊宿

日出东隅步履轻，层峦添翠水添青。
悠悠吾祖桑蓬志④，不绝人间鱼米情。
歧路亡羊杨子喟⑤，迷津问渡桀、长耕⑥。
今宵何处舟中宿？汽笛长鸣又一程。

海滨沙雕群

一沙看世界，世界恒河沙。
聚沙堆成塔，妙手育奇葩。
异士来中外，今古载同车。
海市蜃楼景，飘渺云映霞。
汗流淌浃背，精卫走龙蛇。
精制忘岁月，瞬间散浪花。
聚散本无常，不计有身家。

2003 年 11 月

【注】

① 邓石如(1743—1805)，清代篆刻家、书法家。印章"江流有声，断岸千尺"为其篆刻代表作之一，今存西泠印社。

② "地下"句：浙江省文物部门于2000年12月始对雷峰塔遗址进行考古发掘，发现塔下保存完好的地宫，从中取出金涂塔、盘龙莲花座青铜佛像等珍贵文物59件及古钱币数百枚。

③ 时普陀山正举行"放生"大典，故诵"往生咒"。

④ 桑蓬：桑弧蓬矢。《礼记·内则》载，国君世子生三日，必使"射人以桑弧蓬矢六射天地四方"，以伸四方之志。

⑤ 杨朱歧路亡羊，见《列子·说符》："大道以多歧亡羊，学者以多方丧生。"

⑥ 长沮、桀溺，事见《论语·微子篇》。长沮、桀溺耦而耕，孔子使子路问津，二人反唇相讥，复耕而不辍。

癸未冬日

已是严冬入岁馀，妙龄少女许裙裾。
比肩接踵人无恙，狭路行车雪未除。
花果四时赢一色①，酒家随处价悬殊。
电波刻报儿孙健，却废毛锥两地书。

2003 年 12 月

【注】

① 人工培植花果，无分四季。

题任率英画钟馗图

怒目倚长剑，豪气吞斗牛。
终南不捉鬼，枉为夜巡游。

2004年1月

癸未除岁感作

懒系红丝带，悠然本命年。
登楼称健足，行道便摩肩。
诗律严伤细，文心丑复妍。
甲申逢再祭①，鉴史绝韦编！

2004年1月

【注】

① 甲申：1944年干支为甲申，郭沫若写成《甲申三百年祭》，总结300年前甲申年（1644）李自成领导农民起义军攻灭明朝，但自身也随之灭亡的历史教训，旨在借古喻今。作者写诗之癸未年，即2003年，又一个甲申已在眼前。

讲座（二首）

（一）

它山玉石同磨砺，白雪青丝共雅音。
馀勇岂惟三寸舌，不才无愧十分心。
天寒如坐春风暖，巷隘难禁酒气深。
漫道雕虫咸小技，穷源须探广陵琴①。

2004 年 1 月

（二）

余非好辩竟何能？为有文章黯浊清。
鹿马无分非病目②，鱼龙混杂不同形③。
愚翁厌听流行曲，智叟融通太极经。
大雅果然容百物，自当怡养学《黄庭》④。

2004 年 2—3 月

【注】

① 广陵琴：即琴曲《广陵散》。三国魏嵇康善鼓之，被杀前，索琴奏《广陵散》毕叹曰："袁孝尼尝从吾学《广陵散》，吾每固之不与，《广陵散》于今绝矣！"后以称绝学或绝艺。
② 鹿马无分：参见《鹊桥仙·"人妖"表演》注①。
③ 鱼龙混杂：唐·罗隐《西塞山》诗："波阔鱼龙应混杂，壁危猿狖奈奸顽"，后以喻品相不一的人混杂一处。
④ 《黄庭》：道经名，讲道家养生修炼之道。

夜读

好友遗我书，助我度岁除。
往事尘封隔，闭目不自驱。
一言重九鼎，阴晴謦咳殊。
万马齐跃进，向隅千里驹。
人情异冷暖，饮水便如鱼。
得意忘江海，失意沫相濡。
席上多佳肴，岁朝远庖厨。

2004年1月

瞿秋白就义前长汀公园凉亭留影

能飞斥鷃不须嗟①，小憩从容即楚车②。
热血凉亭留后辈，苌弘碧玉荐荒涯③。
文章历历犹馀憾，黑域沉沉复曷加？
国际悲歌亲手译，宏声回荡警中华④。

2004年2月

【注】
① 斥鷃：蓬间雀，飞起几尺高。见《即事》。
② 楚车：楚地之车。据裴明相《谈楚车》（见荆楚书社1987年出版《楚文研究论集》第一集）：春秋早中期已形成楚文化车制，《左传》载：楚以车600乘伐郑。《史记·循吏列传第五十九》载："楚民俗好庳车……乘车者

皆君子。"
③ 苌弘：字叙，古资州人，刚直忠正，博学多才，天文学家。孔子与之会晤，求教韶乐与武乐之异同，史称"访弘问乐"。《庄子·外物》载："苌弘死于蜀，藏其血三年，而化为碧。"成语"碧血化珠"、"碧血丹心"、"苌弘化碧"源于此。
④ 秋白临终前高唱《国际歌》。

偕苏士澍访启功先生

三径小红楼，春阳一束投。
书斋兼课室，学子亦朋俦。
道贵非身外，诗清自诩油。
何来新阿堵①？今古漫悠游。

2004年2月28日

【注】

① 阿堵：晋人方言，犹"这个"，此处指电视机。有戏言启功先生家无电视机，今日知非。

华清池（三首）

（一）

赐浴何期鼙鼓驰，须将泪血认凝脂。
一千二百年前事，儒子争吟白傅诗[①]。

（二）

桂殿兰池剩旧址，开元天宝鼎昌时。
兰汤匪似金汤固，骏马骄蹄送荔枝。

（三）

勉将残石砌莲池，汉玉新雕出水姿。
宫女白头无觅处，玄宗故事几人知？

2004 年 3 月

【注】
① 白居易《长恨歌》。

麦积山

石块高悬积麦团，蹑空舒臆上云端。
高僧凿石修来世，礼佛求仙不计年。
猿鹤人烟难入伍，子山铭石尚能传[①]。
丝绸古道休怀旧，忙建通衢放眼宽。

2004 年 3—4 月

【注】
① 庚信《麦积崖佛龛铭并序》。据冯国瑞《麦积山石窟志》考，庚信由长安西来秦州，秦州大都督李允信恰于麦积山为其父造七佛龛，请庚信勒铭刻壁。

过炎帝陵

周原日夜苦寻根，林立高楼渺旧痕。
稼穑歧黄炎帝业，生民至要是生存。

2004 年 3—4 月

天水南郭寺

天水城南南郭寺，苍茫古意动遐思。
杜陵避乱淹留地，廊柱镌深积愤诗①。
老柏殊荣盘劲节，一株独秀挺新枝。
今来佛座香烟少，应是农耕不背时。

2004 年 3—4 月

【注】
① 《二妙轩》碑，明·宋琬集王羲之书，刻杜甫秦州诗。

华清池管理处嘱步郭沫若、董必武二老韵

历尽春秋木石苍，华清风物远承唐。
兰汤温润迷心腑①，桂殿荒芜寝帝王②。
何必红尘悲失路③，应从青史记亡羊④！
秦皇陵下今宵梦⑤，兵马千军助小康⑥。

2004 年 5 月

【注】
① 兰汤：有香味的热水。屈原《九歌·云中君》："浴兰汤兮沐芳，华采衣兮若英。"唐·白居易《长恨歌》写李杨故事曰："春寒赐浴华清池，温泉水滑洗凝脂。侍儿扶起娇无力，始是新承恩泽时。"
② 桂殿：宫殿的美称。汉长安宫中有铜桂殿。唐玄宗有咏温泉之诗曰："桂殿与山连，兰汤涌自然。"

③ 悲失路：用曹魏时人阮籍典事。《世说新语》注引《魏氏春秋》载："阮籍常率意独驾，不由径路。车迹所穷，辄痛哭而返。"
④ 亡羊："亡羊补牢"典。
⑤ 秦皇陵：在陕西临潼骊山，西距西安35公里，堪称天下第一陵。我国曾于2003年对陵园进行最大规模遥感技术探测。
⑥ 兵马千军：指秦始皇陵东1.5公里处从葬区的兵马俑坑。1974年以来，发现俑坑三处，呈品字形排列，出土陶俑8000件，战车百乘，实物兵器数万件，1987年12月与秦始皇陵一并列入《世界遗产名录》。

附：郭沫若游华清池

骊山云树郁苍苍，历尽周秦与汉唐。
一脉温汤流日夜，几坏荒冢掩皇王。
已驱硕鼠歌麟凤，定复台澎系犬羊。
捉蒋亭边新有路，游春士女乐而康。

1955年5月

董必武和郭沫若游华清池

依旧骊山兀老苍,自来史迹颇荒唐。
始皇大冢埋劳役,天宝清池浣寿王。
幸有张杨双十二,遂无美蒋马牛羊。
郭公雅兴留佳句,我辈登临亦乐康。

1955 年 10 月

甲申绍兴第20届兰亭书法节,用王逸少韵

朝发燕山岭,暮投东海滨。
万类无一体,百物竞自陈。
造化真渊薮,人天不违均。
苟悟此中意,遂知适我新。

2004 年 4 月 21 日

附：王羲之兰亭诗

仰望碧天际，俯瞰绿水滨。
寥朗无涯观，寓目理自陈。
大矣造化功，万殊莫不均。
群籁虽参差，适我无非新。

绍兴（二首）

（一）

飙发轻车忘路遥，新楼林立逐层高。
水乡失落前时径，却访城东八字桥。

（二）

传来狂舞迪斯科，隐约林蛙隔岸歌。
旧貌新颜交异响，兰亭池外已无鹅。

2004 年 4 月

春游

杨花拂面乱春游,假作真时百样休。
宾馆五星名胜地,劈山架索断溪流。

2004 年 5 月

开会得句

言者谆谆听藐藐,老生腔调老生聊。
壮夫羞问雕虫事,小子忙呼直线号。
闪烁灯光合留念,奔驰车马不辞劳。
市场又爆新消息,再向前排探大潮。

2004 年 7 月

全国首届青年书法篆刻展得句(二首)

(一)

泥沙披沥见黄金,岁老偏听雏凤音。
无限风光须放眼,塞聪未必郑声淫。

（二）

学步邯郸未足夸，寿陵馀子学无涯①。
犹须狂草开生面，旭、素能超自立家②。

2004 年 7 月

【注】
① 《庄子·秋水》："且子独不闻寿陵馀子学行于邯郸欤？未得国能，又失其故行矣。直匍匐而归耳！"
② 旭、素：张旭、怀素。

楼内装修

一锤响彻百锤敲，天降斯人地动摇。
欲探本源何处出，难分上下枉心焦。
电钻施展紧箍咒，斗室重围画地牢。
修缮民工多就业，住房易主赶新潮。

2004 年 7 月

黄帝故里（河南新郑）

又从北国访中原，地拥新装河仰源。
往古来今多少事，丹心一片叩轩辕。

2004 年 7 月

江阴硕山千年红豆古树（二首）

（一）

最动相思是故乡，故乡此物世无双。
坚贞浥透殷红色，密叶交柯不吐芳。

（二）

纷披残叶遇明时，焕发精诚贞淑姿。
摩诘昔年亲识面①，不从采撷便相思。

2004 年 7 月

【注】
① 摩诘：唐·王维号，有《红豆诗》。

莫干山试剑石

越王薪胆百成灰，利剑腾光破土开①。
削铁如泥凭石问，精诚所至警蛇虺。

2004 年 7 月

【注】
① 上世纪曾有越国宝剑出土。

中央电视台为余摄制《岁月如歌》返里得句

行远喜闻跫足音①，儿时岁月杖藜寻。
园中桂子庭前月，白发依然赤子心。

2004 年 8 月

【注】
① 《庄子·徐无鬼》："走逃虚空者，藜藋柱乎鼪鼬之径，踉位其空，闻人足音跫然而喜矣。"

小去

小去尘嚣清趣多，时光容易暗消磨。
天因气朗无遮目，鸟以人稀不避罗。
乐水潺湲观过鲫，危岩跌宕长缠萝。
穷居斗室地天隘，此日偷闲已烂柯。

2004 年 8 月

南行途中（二首存一）

心术无心效灌园①，往来謇跛旧车辕。
尚多馀勇何为者？欲向人天穷本源。

2004 年 8 月

【注】
① 灌园：一般指种菜、伺弄园林、从事农田劳作，这里指隐退。《史记·鲁仲连邹阳列传》："孙叔敖三去相而不悔，于陵子仲辞三公为人灌园。"

青岛五四广场雕塑《五月风》

万树丛中火炬红，海疆叠浪卷雄风。
云天幻化新标识，世纪犹追德赛踪。

2004 年 8 月

念奴娇·奥运会女排

一球飞转，看无边春色，动人魂魄。今日心神无枉顾，定与银屏相托。图绘飞天，姮娥传说，对此当惊愕。中华骄女，青春都付拼搏。　　夜半拍手腾欢，胜逢佳节，热泪齐抛落。东亚病夫全雪耻，意气竞云天薄。奥运精神，回归雅典，崛起尊东岳。何时寰宇，人情同寓哀乐？

2004 年 8 月 29 日北京至太原机上

七三初度过五台山《清凉胜地》牌楼（四首）

（一）

蜿蜒曲折多殊趣，仰止群山风且住。
胜地初凉好个秋，从头翻越迎初度。

（二）

征程哪有清凉地，今日逢缘须暂寄。
马陟高冈道路长，几曾舒缓青丝辔？

（三）

不期今日登台顶，独立苍茫星月迥。
滚滚天风拂乱襟，开怀极目孤鸿影。

（四）

山山岭岭无穷尽，岁岁年年日长引。
跬步徐行每自珍，吾虽不敏蛙行黾。

2004 年 9 月旅晋途中

题刘奎龄、陈之佛诸家册页

黄家父子迹珍希①，却赏今贤与古齐。
轻薄纷纷言写意②，何如澄虑竹窗西③。

2004 年 9 月

【注】

① 黄家父子：黄筌（？—965 年），黄居寀（933—993 年）。五代时著名花鸟画家。
② 非指写意风格的绘画。
③ 《圣朝名画评》曰："黄筌凡欲挥洒，必澄思虑，故其彩绘精致，形物伟廓。"

采桑子

报载战地摄影记者爱迪·托马斯·亚当斯辞世。

胸前"无冕王"凭证,虽死犹生。冷对人生,血雨腥风摄距零。　快门微秒分邪正,仿佛无声。猛听呼声:人类瘟神是战争!

2004 年 9 月

纪念阿倍仲麻吕诗碑建立15周年(二首)

日本阿倍仲麻吕(汉名晁衡)在唐代为遣唐史。1990年镇江建立阿倍仲麻吕《望月望乡》诗碑于北固山巅,由沈鹏、田中冻云分别以汉字、日本假名书写。诗曰:"翘首望东天,神驰奈良边。三笠山顶上,想又皎月圆。"

(一)

皎月重圆日,登临负丽天。
大江容蜀水,北固卧吴烟。
白石身无恙,青山诗有传。
悠悠千载后,谁个到峰前?

(二)

独立云山顶,摩碑一快然!
去留如昨日,聚散亦前缘。
世事微尘里,功名老大捐。
长江忧患急①,唯此意拳拳!

2004年10月

【注】
① 专家公议长江有沦为第二条黄河之虞。

书法观摩个展开幕抒怀(二首)

(一)

池塘春草梦初残,入世能知藏拙难。
桐叶墨花齐起舞,惊心日月两跳丸。

(二)

桃李不言蹊自成,我言桃李贵无争。
多因慧智千般出,渐觉于今大伪生。

2004年10月

于右任《望大陆》诗40周年纪念展作

国殇垂暮诉苍天,痛贯心肝六十弦[①]。
蜗角不宁多憾恨,高丘明月照无眠。

2004 年 11 月

【注】
① 《望大陆》诗61字。

澳门行(四首)

新建关闸

关闸而今道路宽,新铺路石匝龙蟠。
往来过客多如织,海上长风不觉寒。

林则徐莅澳门查禁毒品用公案台

何物林公公案台,殷红明鉴绝尘埃。
西夷降服畏违禁,救世应须入世才。

澳门向联合国申报世界文化遗产

欧风东渐独占先,通会中西五百年。
地处弹丸容众异,心香一瓣告前贤。

参观钱纳利等西洋画家作品①

休从博彩认文明,黎庶牺牲汗血盈。
纸上烟云长驻眼,西洋写实澳门铭。

2004 年 11 月

【注】
① 钱纳利(1774—1852年),美籍画家,多画澳门风物。

珠海寻访苏曼殊故居,闭门不得入(二首)

(一)

情僧诗僧一孤僧①,湖海风月与君朋。
行到衰草颓垣处,奈何不能入室登。

（二）

乘兴而来尽兴返，虽未见戴亦怡然[②]。
门隙微窥大师像，遂悟夙昔有良缘。

2004 年 12 月

【注】
① 曼殊句"行云流水一孤僧"。
② 用王子猷夜访戴安道故事。

客外伶仃岛，巧于七年前旧游处卧室小憩

不作伶仃叹，立身百岛群。
楼台山水雾，杖履日星云。
高枕追前迹，柔衾绕昔温。
窗飘孤小屿，植被已无存！

2004 年 12 月

江阴蝉联全国百强之首抒怀

不废长江万里流,故乡更又上层楼。
大桥飞峙虹霓吐①,红豆相思品物稠②。
已是古吴开气象,重将史笔写《春秋》。
铮铮掷地先行语,全国文明启上游③。

2004 年 12 月

【注】
① 大桥:江阴长江大桥。
② 红豆:江阴名产。
③ 孙中山先生1912年10月19日经江阴,曾说"叫全国的文明从江阴发起。"

酬柏杨赠诗集

亦作呻吟亦怒号,不从雕琢自风骚。
桂冠惊动南冠梦①,字字行行烈火烧②。

2004 年 12 月

【注】
① 柏杨获国际桂冠诗人。
② 柏杨被囚禁火烧岛。

水调歌头·印度洋海啸

风定艳阳日，海底激雷奔。霎时数百公里，浪遏触昆仑。搅得天昏地暗，恣肆狂涛泛滥。板块只微瞋。人命竟如蚁，十五万冤魂！　　赈峰会，红十字，急孤贫。蜗牛角上，争斗何日息尘氛？可叹红松临绝，更有珊瑚喋血。灭顶警沉沦。温室温须降，共建地球村。

2005年1月

读唐女郎鱼玄机诗集①

身世若迷尘，清虚属美文。
杀机安足信②，入道恁知津？
红叶丝丝语，巫山一段云。
潘郎竟何去③？孤雁恨离群。

2005年1月

【注】

① 鱼玄机：女，晚唐诗人，初名鱼幼薇，字惠兰。初嫁李亿为妾，被弃出家，进咸宜观，改名鱼玄机。因笞死女侍童绿翘被判杀。遗诗50首见《全唐诗》。皇甫枚《三水小牍》称鱼玄机"色既倾国，思乃入神……风月赏玩之佳句往往播于士林。"鱼玄机《寄李亿员外》诗云："易求无价宝，难得有心郎。"

② 杀机：加害之心、致死之道。《初刻拍案惊奇》卷二六："美色从来有杀机"。
③ 潘郎：晋时人潘岳，少时美姿容，长大多情爱，后指貌美的情郎。

春节对魏明伦上联

　　四海华人，一宵除夕，万家灯火，亿户荧屏；多少同胞、同过节；（魏明伦上联）
　　九州灵地，两岸齐心，五岳云霞，百鸡轩宇；无穷图画、图来年。（沈鹏下联）

2005 年 2 月

乙酉元日

　　市廛久不识鸡啼，春入鸡年日近西。
　　岁早恭维惟吉利，中宵起舞敢迷离？
　　几遭风雨曾如晦，百炼精神老忘疲。
　　处世如何全五德①？文章也厌落筌蹄！

2005 年 2 月

【注】
① 鸡有文、武、勇、仁、信五德，见《韩诗外传》。

闲读偶得（二首）

（一）

才露端倪卜善终，高文能事惯趋同。
危言半句冰临薄，怎及悬空顺耳风？

（二）

何须推勘辨雌雄？耳鉴芝兰王者风。
春水一池吹欲皱，立时顶礼拜丰隆。

2005 年 3 月

游崇明岛

洪武当年虑欠周，御批是处即瀛州①。
年深日久沙成岛，物换星移江枕楼。
油菜花开金采地，长江浪涌白涛头。
舟行多少天涯客，载满人间乐与忧。

2005 年 5 月

【注】
① 史载洪武年初，朱元璋起兵收复苏南，崇明知州何久李率众归附，上喜，御书"东海瀛州"。

扬州瘦西湖泛舟（二首）

（一）

玉环飞燕两相宜，佳处淮都隐竹西。
帆过五亭云水阔，垂杨细雨入清奇。

（二）

溶溶漾漾绿无涯，影入平湖弄薄纱。
卧看岸前桃柳韵，会心三月有烟花。

2005 年 5 月

上海黄浦江夜游

十里洋场夜未央，楼船来往织梭忙。
骄阳消息寻何处？散入吴淞七彩光。

2005 年夏

浣溪沙（四首）

余于1958年劳作扬州高邮，今得重游。

（一）

为览春光系日游，春光未老下扬州。琼花谢去众芳稠。　　犹记岸堤培碧树，竟将汗水洒金瓯。麦苗丛里长新楼。

（二）

曾把他乡作故乡，不辞糠菜半年粮。锄头也厌日头长。　　欲说桑麻多少事，且寻村口旧池塘。围观都是少年郎。

（三）

誓表忠诚抵死勤，铁耙挥舞夜兼晨。脱贫那惜力微身！　　驾雾腾空千里马，瞒天过海万斤门。只今十亿笑驱神。

（四）

南北征途逐雁过，"勤王"颠沛坎坷多①。戴头披月赴干戈②。　邗上遗踪留岁月，《道中》顾影对山河③。吾吟《正气》发高歌。

2005 年 5—6 月

【注】
① 文天祥于德祐二年至扬州、高邮，作诗20余首。
② 文天祥诗有"吾戴吾头向广陵"之句。
③ 文天祥长诗《高沙道中》，高沙即高邮。

刘征书赠《八十自述》，奉和以报

云卷云舒惯自如，岁寒夜雨赚三馀。
何尝烦乱离尘网，太过天真尽信书。
慷慨临川悲逝者，痴情系日贵宏图。
不才虽悦新装美，羞问"画眉时尚无？"

2005 年 6 月

厦门（四首存三）

（一）中国书法第四届正书展会见金门书法代表团

血缘两岸浓于水，铁骨毛锥铸墨魂。
相问君家何处住？"厦门咫尺是金门。"

（二）沙洲寂坐

隐隐涛声送夕晖，风筝白鹭故翻飞。
不辞寂坐沙洲晚，隔岸华灯映海湄。

（三）胡里山炮台[①]

重金利器国民穷，昂首今犹向太空。
膛内弹头余震怒[②]：尘封不得歼枭雄！

2005 年 7 月

【注】
① 厦门胡里山炮台大炮，1896年从德国克鲁伯厂购进安装，重82700余斤。
② 大炮尚余炮弹20余发。

霍金（二首存一）

宇宙微茫侧耳听，时空有史证元冥。
不劳圣主推移力，便借轮椅黑洞行。

2005年8月

大连（五首存四）

雾气

雾气漂移海上来，渐浓渐黯锁楼台。
此间疑有潘多盒①，"希望"期能去祸灾。

贝壳

同族生来色相殊，浅滩深水择安居。
天然禀赋英灵气，点滴精华苦孕珠。

拾石

偶然大海裹潮来，天地长留不复回。
无数斑烂偏一得，掌中此景怎安排？

秋行

蝉声渐作凄清语,日短仍承暑气蒸。
世事转蓬休挂齿,归听枕上海涛声。

2005年8月,大连

【注】
① 潘多拉,希腊神话中第一个女人。因私自打开宙斯的一只盒子,里面所装的疾病、疯狂、罪恶、嫉妒等祸患一齐飞出,只有希望留在盒底。

七四初度,晨起为四川秀山少数民族希望工程小学题名

不识何方有秀山,急将舆地细摊看。
能为边塞添砖瓦,便是心胸筑杏坛。
雏凤清音芦管笛,春风大雅玉门关。
老因小善多欢喜,肉食无如近素餐!

2005年9月1日

日本箱根大涌谷（二首）

（一）

诗情岚影两徘徊，雾气徐移扑面来。
身在高层遮远目，遥知富士雪皑皑。

（二）

云海茫茫峰泛船，东山画景出天然①。
游人到此捐千虑，道是无心已入禅。

2005 年 9 月 箱根旅中

【注】
① 东山：东山魁夷，日本现代名画家，生于1908年。

新楼

记得前年结伴游，绿原不见使人愁。
道旁铁索围三匝，地下泥尘动九畴。
风起良禾吹浩荡，机扬浊土滚浓稠。
新楼更比前楼阔，报与芳邻挡日头。

2005 年 10 月

山居夜静

苍茫暮色山如铁，万里无云月似钩。
诗思潜蛰吟断续，凉风初透入清秋。

2005 年 10 月

神舟六号升空抒感

　　神舟六号升空，余题五绝一首，随"神六"腾飞遨游。10月19日开舱盛典取出原物，遂成五古六韵。

时空有隧道，跃上第几层？
星月过交臂，烈日曾烂蒸。
开舱惊隔世，丹青光泽仍。
远观复近察，疑有异气腾。
何须揽长辔？火云托舟升。
神州多奇事，"六骏"胜昭陵。

2005 年 10 月

敬亭山（二首）

（一）

鸟尽云闲万古山，残碑断碣隐流年。
凭高旷览无馀事，鸟尽云闲万古山。

（二）

风拍松涛欲雨天，偶来山上问逃禅。
登阶步步默吟诵：太白孤魂二十言[①]。

2005 年 11 月

【注】
① 二十言：李白诗《独坐敬亭山》。

韩国釜山（二首存一）

读西山大师诗①

大师诗偈水云襟，一语天然适我心。
今日岸沙留履迹②，定知他日有知音。

2005 年 11 月

【注】
① 西山大师：朝鲜时代诗僧，法名休静（1520—1604）。
② 西山大师诗：踏雪野中去，不须胡乱行。今日我行迹，遂作故人程。

题《霍松林自书诗文词联》

一卷能涵世纪心，岂惟韵语接唐音。
森然筋骨闲暇事，物态情思笔屈金①。

2005 年 12 月

【注】
① "物态情思"：先生自谓书法"化物态为情思"。

百年电影老片回放（三首）

江城子·旧片回放《风云儿女》

家乡东北阻风尘。远亲人，独栖身。热血男儿，情急为芳邻。血肉长城新筑起，前进曲，振民魂！

减字木兰花·《桃花泣血记》

贫家富窟，运命终于归永诀。旧片重开，默语无声更可哀①。　琳姑又见，人面桃花时序转。今古情场，弱女生涯最惋伤。

巫山一段云·《桃李劫》

桃李春风发，冰霜寒气摧。人间黑暗布阴霾，祸事便成灾。　岂是"迂夫子"？曾期梁栋材。弦歌毕业号声催，时代起惊雷！

2005 年 12 月

【注】
① 《桃花泣血记》为默片。

念慈

告别慈容九阅年，至今一念一潸然。
墓前宿草春应发，枥下老骀宵未眠。
家累何如安社稷？人和毋忘近研田。
节逢小雪迎飞雪，点滴须能到地泉！

2006 年 1 月

余于十年前刻诗海南"天涯海角"巨石，今日重游

勒石吟诗忆旧游，冬来琼岛胜新秋。
"南天一柱"天无际，绝句曾题句未休。
风急僧留禅杖息①，云闲我助笔毫遒。
恣情放眼洪涛起，海域纷争别有忧。

2006 年 1 月

【注】
① 唐·鉴真第四次东渡，遇风浪歇息三亚。

海南火山口（二首）

火山场

欲探周天未有穷，地球消息历时空。
红焰销冷灰飞烬，却润山花野艹丰。

火山石

斑斓非自补天留，洞口幽深美景稠。
造物无情还有意，通灵七彩垒琼楼。

2006 年 1 月

厦门鼓浪屿即句

白鹭风筝试比高，琴声悠远浪中消。
兰舟过往春游客，争说人潮胜海潮。

2006 年春节

丙戌春节周笃文先生著文评拙诗，吟得七律以谢

爆竹换符难许眠，感君元日启新篇。
平时一个行吟者，忽报满头飞雪年①。
"不主故常"偏转拙②，岂为通变委求全？
痴迷自笑原无意，不废心声恶废言！

2006 年 2 月

【注】
① 读周文时，京中降雪。
② "不主故常"，周文用语。

颐和园昆明湖即句

积雪湖滨暖未消，鹅黄轻染柳枝条。
和风拂面游人醉，昨日相迎似利刀。

2006 年 3 月

访日（二首）

赴日贺刘洪友出版中国书法名碑名帖选，席间书狂草"盛会"二字得句

满堂人气聚吾身，屏息丹田通鬼神。
蓦地运斤风起舞，掌声雷动报阳春。

东京寓所眺富士山

冬夏春秋景不同，高低远近看灵峰。
可人最是晴光好，扑面临窗咫尺中。

2006 年 3 月

书画伪作

笔冢墨池焉足珍，乘除加减混通神。
书能窃取无伤雅，画便勾摹遂敌真。
知识产权人共享，床头阿堵手先伸。
不分鹿马于今烈，李代桃僵代受身。

2006 年 3 月

丙戌上巳中华诗词学会暨中华文学基金会举办沈鹏诗词研讨会席间有作

新朋旧雨道玄同，药石金针三月风。
春日景明春勿老，急教别韵叩黄钟。

丙戌上巳，"沈鹏诗词研讨会"雅集后作

人生得一知音足，况是良朋坐满堂。
古寺著花春未晚，柔枝协韵句生香。
方圆随意存规矩，曲直有心论短长。
席上高谈情转激：黄钟瓦釜岂同场！

2006 年 4 月

如梦令·昨日阳和春丽

昨日阳和春丽，彻夜西风狂起。觉醒找棉衣，触手黄沙笼被。沙细，沙细！任尔门窗关闭。

2006 年 4 月

读马凯诗词集

识君欣未晚,把卷晤平生。
笔底家常话,人间风雨声。
庙堂忧百虑,江海远浮名①。
案牍劳形后,才情逐夜升。

2006 年 5 月

【注】
① 马凯有治长江洪水诗10首。

附:马凯读沈鹏《三馀诗词选》

并步其赠诗原韵

《三馀》读恨晚,景慕肃然生。
一纸真心话,八方润物声。
感时怀远虑,作嫁淡虚名。
废草三千后,雕龙腕底升。

雨夜读

此地尘嚣远，萧然夜雨声。
一灯陪自读，百感警兼程。
絮落泥中定，篁抽节上生。
驿旁多野草，润我别离情。

2006 年 5 月

吴江寄《心经》，嘱余诵之

文字煌煌自在身，老来兴味益天真。
唯心唯物无间壑，学剑学书元化甄。
悟得人从古猿变，坦承性与万牲邻。
一篇《般若》传嘉意："日诵三回乃入仁"。

2006 年 5 月

柳叶湖经狐仙岛闲话

漫说狐仙话白蛇，长留人性爱情花。
神灵法海西王母，术变无常道统邪。

2006 年 5—6 月

常德桃花源题联

明知乌托邦还来觅路
愿作武陵客不负迷津

2006 年 6 月

读聂绀弩手稿《马山集》①

未许名山后世藏，惊心弃璧泪盈眶。
屠龙屠狗郢挥斧，非马非牛国有殇。
半寸柔毫南絷者，三千毛瑟北荒章②。
诗人不幸诗坛幸，时女还忙时尚装。

2006 年 6 月

【注】

① 《马山集》，聂绀弩1962年自选自编旧体诗集，含序诗共40首，手书于一本印谱空白页上，署名"疛翁"，未刊行，发现于北京第十六中学查抄的"四旧"书刊堆里。
② 聂诗有《南山草》《北荒草》。

岳麓山爱晚亭

潇湘灵气此云山,古木清雄香草妍。
我与樊川共车马,何须霜叶盛时看?

2006 年 6 月

体检,戏答友人

底事勤追底事忙?儿时游戏捉迷藏。
不知隐者栖迟处,多谢友人劝设防。
得失恒如塞翁马,死生休记利名场。
家馀长物惟宣纸,兴至能挥百万张。

2006 年 7 月

黄山(三首)

桃源石刻"大好河山"

"大好河山"勒石书,经年风雪蚀残朱。
料应战乱无宁息,苟向桃源卜逸居。

山松

列队排云上碧空,黟山绝顶御罡风。
英姿跨轹多奇倔,只以根深岩隙中。

步移

步移寸土换山形,雾气飘游失路行。
莫问眼前真色相,天都绝顶放光明。

2006 年 7 月

缆车

吊车不动缆绳移,眼界更新景转奇。
洪谷幽深深见底,群峰围拱我思齐。

2006 年 8 月

坐滑杆

忽觉竟如南霸天,游人笑对自生嫌。
欲求身稳神无主,谢却高抬立地仙。

2006 年 8 月

杞人歌

——读刘征文，并贺刘征寿

世上多忙碌，谁人作杞人？
天地岂崩坠，万物固因循。
天地若崩坠，断非天地尊。
皇天暨后土，明主与微臣。
女娲诚多事，忘身一钗裙。
后羿焦渴死，谓是主义真。
忧患徒辛苦，居安康乐身。
有怜忧天者："枉为心力勤。"
我之所忧者：杞人忧不闻！

2006 年 8 月 29 日

崂山"九水"

"九水"源清静,纡回"十八盘"。
道行无发直,心事每云端。
蝉噪凉初暗,鱼游暖始欢。
高秋群动息,落帽得遐观[①]。

2006年9月

【注】

① 落帽:典出孟嘉,东晋大将军桓温的参军,才思敏捷,风度洒脱。《晋书·孟嘉传》记载:有股风将孟嘉帽子吹落,嘉不觉;大将军桓温示左右不要作声,以观其举止。孟嘉去厕所很长时间,桓温命孙盛作文嘲弄孟嘉,将帽子和文章置放孟嘉坐位处。孟回来阅之即作文答之,文笔非常精美,四座赞叹不已。

七五（三首存二）

（一）

世纪峥嵘四过三，栖皇未有素餐惭。
心情日日期来日，头顶晴空别样蓝。

（二）

月下歌行对影三，影形相伴影无惭。
中宵回望风尘里，后继纷纷尽出蓝。

2006 年 9 月

海贝

浪恶风狂独聩瞢，泥沙汰尽出玲珑。
美人首饰悬壶味，劫后馀生穷后工。

2006 年 10 月

宠物

"友朋今时少,宠物宠倍加。"
有客言宠物,情胜怀中娃。
"善解无聊赖,晨夕守吾家。
出门怜我去,入室绕我爬。
滴水恩能报,待我如亲爹。
反视人间世,稍远即还牙。
与犬交密友,情义两无瑕。"
客言颇凿凿,坦荡无拦遮。
今见里巷内,宠物多如麻!
狂犬病居首,贻害胜毒蛇。
若议犬当杀,舆论必大哗。
我谓"人与犬,自当两无赊。
物类有通病,阳错在阴差。
爱犬先爱人,爱屋及乌鸦。
宠物固足宠,仁心最可嘉!
世情诚浇薄,和谐义无邪。
病虽在狂犬,人不反思耶?"
客子闻我语,起座复长嗟。

2006 年 11 月

致乡友（四首）

谢赠葵花籽

江南绿浪播芳馨，颗粒生成故土情。
君问年来何所事？依然本性向阳倾。

谢赠螃蟹

常记儿时戏浴湖，席间鱼蟹不须沽。
只今遥念长江水，数问终宜寄宿无？

澄江镇置白石雕铸《三馀吟草》

少年履迹旧池台，诗思源从沃土来。
俚俗方言皆入谱，"三馀"棘草伴花开。

蕃蒣

故乡风物异前时，江渚漫生细蕃蒣。
拔去此心犹不死，莫言茎叶竟何之！

2006 年 11—12 月

2007年元日雪

莽苍大地布新奇，树列银屏溪路迷。
飞雪一宵经两岁，冰心玉骨报春泥。

2007 年 1 月

广西药用植物园

神农手自布嘉阴，世外园田天地心。
《本草》二千看不足①，从来知味必躬临。

2007 年 1 月

【注】
① 李时珍《本草纲目》，载药物1900余种。

沙滩拾得热带鱼骸

彩色画图兔颖描，虽无气息尚妖娇。
会当一跃沧溟去，不负天工弄大潮。

2007 年 1 月

海螺

几时飘落到沙汀？贴耳潜听大海情。
阵阵厉声传远古，曾惊细柳亚夫营①。

2007 年 1 月

【注】
① 细柳营：指周亚夫将军驻扎在细柳（今咸阳西南，渭河北岸），抗击匈奴的部队。周亚夫治军严明，不畏强权，汉高祖刘邦之子刘恒（文帝）赞其为"真将军"。

自北海抵崇左途中

南下逶迤十万山①，剑铓胜似桂林看。
往来奇货车流水，指说前方友谊关。

2007 年 1 月

【注】
① 桂林有"十万大山"。

丁亥春节抒怀

今岁春来早,嘉期闲有家。
静听冰解冻,细数柳分芽。
幼雀思高蠹,仁人惜晚霞。
无私惟大块①,逐日孕芳华。

2007 年 2 月

【注】
① 大块,指大自然、大地。庄子曰:"夫大块载我以形,劳我以生。"李白有诗云:"大块假我以文章。"

春晓

暖气渐嘘湖面知,春山绽笑应天时。
复苏大地随机运,悬想古贤从道痴。
求购新书除闭塞,重温旧业解难疑。
文章不厌千回改,中得心源总有诗。

2007 年 2 月

辨丑歌

丑可丑而非常丑,大丑之中有大美。
丑中寓美谁得知,兀者王骀比孔子①。
形有所忘德有长,德重于山高仰止。
明末清初傅山公,"四宁四毋"发奥旨②。
"宁丑毋媚"震聩聋,妩媚谄媚皆奴婢。
赵、董法书自有源③,末流攀附逞小技。
台阁馆阁小逞能,奴书奴儒终欲死。
雅俗千里亦毫厘,万画变化在一纸。
巧意安排远率真,归朴还当返本始。
此道难与常人言,讵知行内更难喻真理!

2007年2月

【注】

① 事见《庄子·德充符》:"鲁有兀者王骀,从之游者与仲尼相若……"
② 傅山"四宁四毋":"宁拙毋巧,宁丑毋媚,宁支离毋轻滑,宁直率毋安排。"
③ 赵、董:赵孟頫,董其昌。

丁亥仲春抒怀

玉兰初绽小桃红，出阁讶知春意浓。
闲话懒听甘鄙陋，旧装厚裹欠玲珑。
无分巨细身添累，不识方圆路固穷！
往事劳劳畸变少，诗书言志后臻工。

2007 年 3 月

重游傅山碑林

——时值公诞辰400年

贞石成林八面开，今朝再拜傅山来。
淋漓元气驱奴气，侠义灵台藐馆台①。
丑拙自如存大美，矫揉造作便庸才。
"天倪"一语通天理②，二月春风任剪裁。

2007 年 4 月

【注】
① 书法中的馆阁体与台阁体。
② 《庄子》有"天倪"之说。傅山："……此中天倪，造作不得矣。"

题奉马识途诗书集

寿老不呼翁,蹄轻雨打风。
诗魂如有眼①,一语固当"穷"!

2007 年 4 月

【注】
① 作者谓诗句有眼,诗魂亦当有眼也。

观蚁(二首)

迁居

预卜将淋雨,迁居择地安。
争先齐勇走,列队耻旁观。
细语通幽穴,长途绕险关。
乐天知困厄,蚁也不容闲!

蚁战

本是出同宗,黑、黄偏不容。
绿荫芳草地,白骨尸骸丛。
槐树争蜗角,珍馐入后宫。
自然优选法,无乃动兵戎!

2007 年 4 月

夜行

轻云漫渡绝纷嚣，暗转银盘夜入遥。
淑气徐催蛙鼓起，一程春水涨春潮。

2007 年 5 月

山村

竹丛黄雀声声噪，拂面杨花人意闹；
好雨疏风一夜间，山村围着馀芬绕。

2007 年 5 月

尘沙

刹那风头变，煦阳云里藏。
花飞秾浅淡，景转暗昏黄。
大地尘沙网，群居污染场。
和谐义占首，莫认有天堂！

2007 年 5 月

别笑星

人世难逢开口笑①,东方此去竟如何②?
爱她玫瑰花儿美,却忌枝繁针刺多。

2007年7月

【注】
① 杜牧句。
② 东方:东方朔(公元前161—公元前93),西汉辞赋家,作《封泰山》《答客难》等,著述甚丰,后人汇为《东方太中集》。东方朔性格活泼,诙谐多智,常在汉武帝前谈笑逗乐,武帝视其为俳优,不予重用。《史记》称之为"滑稽之雄",晋人夏侯湛作《东方朔画赞》,王羲之"书画赞则意涉瑰奇","涉乐方笑"(见唐孙过庭《书谱》);唐颜真卿书碑,史称《颜字碑》,今已残存。

步行街

新开小镇步行街,滚滚人流货聚财。
机动行车明令止,烟熏排档没遮拦。
方城足浴居高座,赝品手书悬宝斋。
小憩绿杨消暑气,巍巍老吊向人推。

2007年7月

过清东陵

翠屏绿帐布山峦,皇气黯然存旧颜。
龙体堆金馀白骨,御阶碎玉隐青鸾。
堂堂石室元、明制,落落宫庭满、汉翰。
文采终于归大统,游人戏说一圆环①。

2007 年 7 月

【注】
① 传说清世祖福临在京东地区打猎,解下一只佩饰圆环,奠定了清朝入关后的皇陵基地。

傅山书画展揭幕

元气淋漓墨未干,毛锥所向决波澜。
襟怀壁垒千家史,风骨嶙峋独此山。

2007 年 7 月

太原永祚寺双塔

晋阳突兀最高峰,今日群楼掩映中。
经国仍须文运启,牡丹花发历狂风①。

2007 年 8 月

【注】
① 牡丹为寺内一绝。

新秋偶成

叶落秋风至,仰天长一呼。
凭窗无远目,伏案可幽居。
暇日休窥镜,忙时要读书。
夜阑闻蟋蟀,能入我床无①?

2007 年 8 月

【注】
① 《诗经·国风·豳风·七月》:"七月在野,八月在宇,九月在户,十月蟋蟀入我床下。"

七六

自惜心情似少年，斫轮虽老勉如前。
常行不避千程远，每做从知百事迁。
旧梦烟云浓墨画，新楼霄汉黯青天。
同门学子秋蓬散，道义斯文薪火传。

2007 年 8 月

中国国家画院成立书法精英班，予忝列导师

卅六罡星驿站逢①，不排座次不争雄。
道存学术惟平等，心以灵犀解会通。
篆隶真行皆一体，北碑南帖耻分宗。
时疏翰墨钟情结，我亦兼充老学童。

2007 年 9 月

【注】
① 书法班36人，后扩至40人。

北京至上海飞机降落口占

纵横阡陌家家网，飘荡云霓片片鳞。
我欲直升三万里，蓦然高速走红尘。

2007 年 10 月

2007年10月7日夜经南菁母校，见教室灯火通明

囊萤苦读盼成龙，心切功名今古同。
六十年前吾课桌，谁家学子眼朦胧？

2007 年 10 月

渡江忆

2007年10月9日游长江口，念及70年前在此地，全家乘小木舟险渡逃难。

噩梦依稀命若鸡，嗟余三尺一孩提。
懵懂哪识卢沟月？顽钝敢瞋圆日旗。
假使大江翻浊浪，断无小雁印新泥。
长桥今喜腾龙起，酒绿灯红毋忘归！

2007 年 10 月

越南下龙湾

海湾罗奇景,无数桂林山。
岂从九天落,弃置若等闲。
地层移板块,沉浮出巑岏。
波平绿如镜,蓝天一色看。
风吹无落帽,飘雨不觉寒。
远似大王剑,侧成碧玉鬟。
忽惊狮象搏,却喜鸡弹冠。
舟近山贴面,舟远得遐观。
何处芦笛岩?何处象鼻山?
桂林下龙湾,天涯咫尺间。
同在方舟上,地球一弹丸。
游众祈心愿:晴和息波澜。

2007 年 11 月

八桂奇石（二首）

（一）

老米称兄莫尔惊①，世间无物不精灵。
地天交合育奇境，一石悠悠赤子情。

（二）

可人最是出天然，物我融时百虑捐。
石也能言无尽意，洪荒渺远寄尘缘。

2007 年 11 月

【注】
① 老米：宋代书画家米芾。莫尔：英国现代派雕塑家。

咏泰山

博大不让土，崇高不求同。
不以群山小，群山仰一宗。

2007 年 11 月

湖水

昔年宅旁湖，湖水结坚冰。
车在冰上过，嬉戏无险情。
今日宅旁湖，干涸已见底。
人马湖底行，淤泥长芦苇。
悠悠而今后，泪滴尚余几？

2007 年 12 月

金婚

曾储佳酿酬佳日，正值今朝共举觞。
婚有金银红钻石，人期肝胆热心肠。
夕阳斜照怜光好，老马骞行怕瞎忙。
细沫相濡多少事，悠悠江海不相忘。

2007 年 12 月

居京杂诗（十四首）

（一）闲掷

闲掷闲抛道路中，黄衣使者尾随同①。
翩翩潇洒归来去，遍体名牌失影踪。

（二）角金

深宵昨夜角金鸣，晨起犹馀梦里惊。
大道虽然直如发，万车挡住一车行。

（三）广告

飞扬文采目精绚，恳说衰容变美颜。
嫫母摇身浣纱女，居然百病一神丸。

（四）空调

全球超暖欲何如？地利天时测不虞。
有道人灾能化了，速置空调自欢娱。

(五)"拆"

铁券毋违铁旨传,大书"拆"字画弧圆。
墙头一道新风景,墙内人家倘入眠?

(六)冷烟

一段巫山一段云,怡然吞吐播奇文。
炎凉冷热同分享,谓有冷烟香愈醇。

(七)装修

一锤轰顶百锤抡,楼上电锯楼下尘。
底事芳邻勤日夜,改朝换代易新人。

(八)剧场

焦尾悠扬古调歌,高山流水养天和。
掌中添换微型宝,千里情人送电波。

（九）黄金月饼

金圆早盼月银圆，揽抱金银倾盖欢。
银圆哪比金圆好？此夜清光不共看。

（十）窗外栏网

琉璃窗外铁栏箍，自筑樊笼比穴居。
欲与邻翁相对饮，举觞难作隔篱呼。

2006 年—2007 年

（十一）仲秋即事（二首）

（一）

中秋月饼端阳粽，金玉包装相奉送。
节日声中惟朵颐，斯文不若《红楼梦》。

（二）

蟋蟀高冠文化名，小虫唧唧响雷鸣。
巧恁骄侈充风雅，地下又多生意经。

2010 年 9 月

（十二）随它（外一首）

随它子弹满天飞，"给力"时新不叫奇。
却说洋人语多忌，维生素不取BC。

舞台

报载有人拍摄"控烟"新闻，找"临时演员充真"。

人世已然皆舞台，舞台之上再安排。
强拉郎配布烟幕，优孟生还曰可哀[2]。

2011 年 1 月

【注】
① 清洁工着黄色背心。
② 优孟：战国时楚演员。

读林语堂《中国人》（三首存二）

（一）

文章得失百年论，忧国从头评国魂。
宿疾不因尊者讳，穷源人性入三分。

（二）

吾国吾民竟若何？仁人铁砚万千磨。
闷雷爆发掀天地，霹雳一声闻一多①。

2008 年 1 月

【注】
① 闻一多诗《一句话》。

报载"基因改变，鼠不怕猫"

鼠也不畏猫，猫亦不仇鼠。
本性天然敌，谐和共相处。
孰云鼠胆小？请看猫眼蛊。
酒肉终日饱，仓廪足稻黍。
基因若再变，猫鼠易位处。

2008 年 2 月

咏表

履正循规续续移,百千亿载不吾欺。
针行微秒无回顾,目盼良辰反误期。
性向Ａ型贪靓表,身由独处懒闻鸡。
昨非今是知多少,世事悲欢莫问蓍。

2008年3月

奥运圣火点燃

普罗米修士,天上窃火种。
远古燧人氏,取火利于众。
白衣女祭司,翩翩祥云凤。
仰承阿波罗,圣火环球送。
鸽铃橄榄枝,悠扬和平颂。
火种无灭寂,冻雨时有降。
虔敬大自然,人类同一梦。

2008年3月24日

读周汝昌先生90华诞唱和集步晓川韵

朗吟低唱尽风流，惯看斯文汗马牛。
石劫千遭情入幻，诗经百炼气能柔。
瑶琴弦断追前韵，管鲍金分启后修①。
书海再容尝一勺，煦阳作伴味《红楼》。

2008年4月27日戊子三月廿二

【注】
① 管鲍：管仲、鲍叔牙。两人都是春秋时齐国政治家，后人用"管鲍之交"形容彼此信任。

附：周汝昌先生叠韵（和诗）

沈先生方自南返京，即惠诗寿我，高情美句，感愧交并，仍叠韵以铭敝衷。

神欲如生韵欲流，万毫齐力讵关牛。
南游北运鲲能化，古篆今行翰擅柔。
诗法玉溪分逸品，书家北海继前修。
题名金榜叨荣寿，可许同陪五凤楼？

戊子三月廿三下午

晋中（六首）

喷泉

银箭穿空飞彗星，地心引力落弧形。
工程自控循环路，还仗源头活水清。

迈越小溪

踏遍人生第几桥，浅滩深谷路途遥。
今朝一步超然过，身瘦皆因杂念抛。

洪洞大槐树寻根处

史书浩瀚无从考，大树阴深留有根。
耕织难忘惟故土，清明听唱杜鹃声。

登鹳雀楼

二十言诗昭白日，黄河不废古今流。
登临到此无遮目，塔顶还吟"更上楼"。

明·苏三监狱

苏三枷锁锁重重,黑狱沉沉禹域中。
应解好人洪洞县,美谈丑角数崇公①。

普救寺

月移风动动游人,禅寺修行圆好姻。
墙上残砖留足影,红娘蜡像尚微嚬。

2008 年 4 月

【注】

① 崇公:传统京剧《苏三起解》里的丑角——狱卒崇公道,明代中期山西洪洞县人,机智练达,将苏三押解太原,一路上对她照顾慰藉。

桂林（四首）

微雨

微雨蒙蒙雨幕遮，山城故事隐轻纱。
车回路转云开处，跌宕奇峰龙战蛇。

次刘征兄

此身欲上翠峰颠，心事能狂便忘年。
巫峡巫山无恙否？书生击楫古今谈。

次张岳琦兄

果是精灵在此山，高低远近画盈窗。
老妻许我寻仙去，不惜艰危足一双。

桂林至阳朔途中

扁舟环抱万山中，宛转徐行鸟路通。
江上清奇江底影，碧波流上碧莲峰。

2008 年 5 月

川中地震后端午

滚滚汨罗江，灵均哀国殇。
地耶多恶作，天也少情商。
盘古应知否？中华有事忙。
魂归当此日，卓立废墟场。

2008 年 6 月，端午节

绿茵

五·一二之前，汶川无所闻。
五·一二之后，汶川即近邻。
虽无亲戚故，愿为汶川人。
震波有远近，灾情见亲姻。
神州凝板块，造化变晓昏。
注目瓦砾场，秧苗又绿茵。

2008 年 6 月

夏山

夏山日日著浓妆，对坐无言入我窗。
好雨徐来勤洗面，乌云过后焕崇光。
森森松柏重重叠，点点荆花曲曲藏。
此景移时成旧忆，相亲不厌远相望。

2008 年 6 月

中国国家画院书法精英班泰山诗主题书法创作展开幕，林岫女史赠诗，步韵以谢

山阴风范茂漪才，笔未到时先散怀。
心悟融通缣素阔，胸存岱岳性灵开。

2008 年 6 月

附：林岫诗

戊子夏五初九观沈鹏先生书法精英班泰山诗主题书法展。

挖雅扬芬育隽才，古稀难得好情怀。
不暇今接西雍道，桃李春风一处开。

卜算子·第29届奥运会开幕

一瞬五千年，曾作千年梦。长路漫漫越万重，今夕飞长虹。　五色舞圆环，圆梦人间送。健足跫音动九天，天际和平颂。

2008年8月8日—9日

鄂尔多斯（二首存一）

草原即事

苍穹绿野叱牛羊，马背文明旧战场。
独立高丘抬望眼，雄深辽阔黑鹰翔。

2008年8月

七七

文章千古贵求真,此理寸心弥觉新。
割尾妄论人曳尾,立身憾对自由身。
问医何若先提气,用志不分凝入神。
日计有馀年未足,无花无酒又逢辰。

2008 年 8 月

大连(二首)

2008年"九·一八"夜8时闻警报

行人肃穆笑喧停,历史警钟呼啸鸣。
屏息凝神通八极,天垂海立勒心铭。

星海广场夜游

灯似繁星星似海,明珠照夜向洋开。
万千足印当今史①,时代强音激浪催。

2008 年 9 月

【注】
① 广场有千人足印,巨型雕刻。

中国音画《清明上河图》首演

长卷千年故土情,绘声绘色更图形。
上河佳话清商发,两宋传奇玉指听。
"盛世"空遗踏歌舞,巨舟急溯纤夫行。
绕梁今夕思何夕,月近中秋霜满楹。

2008 年 9 月

中秋夜雨即事

阴晴圆缺寻常有,风雨雷霆忽卒来。
可惜良辰输美景,如何高枕远兴衰?

2008 年 9 月

南菁中学同学十人相会娃哈哈酒店纪念毕业60周年

似水年华水逝东,"娃哈哈"聚老顽童。
再逾花甲开青眼,笑问何时进大同?

2008 年 10 月

秋兴

红橙黄绿色纷披,正是三秋向晚时。
垂柳眉长鱼水恋,残荷莲老脍莼思①。
绮园石级循遗迹,玉垒芳丛斗艳姿。
漫说风尘耽逸乐,天光日短趁余晖。

2008 年 10 月

【注】

① 脍莼:指佳美菜肴。脍,细切的生肉;莼,莼菜,生茎未长叶时叫锥尾莼,为莼菜佳品,做羹时用作配菜味道鲜美。"鱼脍莼羹"为晋代贵族时尚菜肴。

有感医生不满职业现状

忽尔亲郎忽咒狼,何堪朝暮两无常!
华佗至死留遗爱,神手治疗关羽伤。

2008 年 11 月

读谢无量书法

不作三公作钓翁①,呼号曾为补苍穹。
庸凡只识"孩儿体",大匠运斤元分功。

2008 年 11 月

【注】

① 三公:中国古代最尊贵的三个官职的合称,是辅佐国君的最高官吏。《尚书·大传》《礼记》认为三公是司马、司徒、司空。《周礼》认为三公为太傅、太师、太保。周武帝起丞相、御史大夫、太尉为三公。

贺孙轶青、霍松林、叶嘉莹、刘征、李汝伦五家获中华诗词终身成就奖

《竹书纪年》:"率舜等升首山、遵河渚,有五老游焉。盖五星之精也。"

仙家昔传有五老,星孕精灵容光好。
我诵当今五老诗,积年尘垢冰雪澡。
世外仙家骖仙鸾,人间汗血化文藻。

2008 年 12 月

2008年除夕感作

今夕何期琼岛宿？来年一秒亦非虚①。
幸逢时势兴时利，照夜海天腾绿珠。

2008 年 12 月

【注】
① 按天文学，2009年全年多计一秒钟。

腕底

腕底无聊不肯停，催书文件急如星。
远离扛鼎三分力，惟托茹毫一片情。
梦里依稀泉映月，客中空数雨敲萍。
明朝欲向何方去，可得良朋结伴行？

2008 年 12 月

亚洲博鳌论坛会址

四海风云聚一厅，交争上下舌簧生。
万泉河水东流去，鳌脊苦驮防陆倾。

2009 年 1 月

博鳌南行途中

小舟破浪白龙飞,礁石岿然怪陆离。
椰树迎风风染绿,沙洲照日日雍熙。
山随路转排云起,人在画行当局迷。
总是三江归大海,一生几听暮鸦啼!

2009年1月

重访南山

又入南山万绿丛,一方净土倍葱茏。
幽篁逐节参天长,大道盘云神力通。
浪静波平称乐土,风和雨细映垂虹。
鉴真杖息楼留处,智慧花飞不老松。

2009年1月

"天涯海角"有古树生于岩隙

造物如何屈美材?悟空也要问从来。
树依海角真情种,石破天涯未忍回。

2009年1月

补撰崖州知事范云梯上联①

得失皆无惊，何以世间施鬼谲？

（沈鹏补撰）

酷贪两不敢，可将心事质神明。

（原句）

2009年1月

【注】

① 作者于2009年1月访三亚天涯海角景区，景区负责人出示清末崖州知事范云梯联句，谓上联已于"文革"期间散佚，嘱其为之补作，作者欣然应诺。《老子》有云："得之若惊，失之若惊。"

三亚天涯海角"南天一柱"四字为范云梯书榜。

忆江南·题李从军《西湖梦荷图》

西湖梦，梦里写荷花。碧叶翻飞投影乱，红芳淡定浴光华。根实利民家。　　西湖梦，笔底自生花。玉菂满塘容世界，客乡万里忆年华。岂计此身家！

2009年1月

国外友人赠木化石玛瑙

古树沧桑玉石骸,年轮无语若婴孩。
纹花斑斓隐奇迹,繁影朦胧见别裁。
夙世因缘和氏泪①,今朝邂逅沈郎怀。
从兹再历千千劫,宇宙茫茫不可猜。

2009 年 2 月

【注】

① 和氏:春秋时楚国卞和,识玉、琢玉专家,在荆山发现一块美玉,史称和璞,捧之先后奉献楚厉王和楚武王,他们不认,先后砍去卞和左右脚。后文王赏识,卞和将其琢成器,成为传世之宝和氏璧。和氏璧归秦后制成玉玺,秦灭汉得,至唐不知所终,史书记其传奇。

煤矿事故有作

不向天庭偷圣火,甘从地下取光明。
沉沦黑狱凭谁问?须自煤层掘底层!

2009 年 2 月

寒山寺题壁

钟声回荡夜迟迟，过往客船江月思。
阅尽古今无限事，寒山化育一身诗。

2009 年 3 月

悼孙轶青

恤辜桃李绽初时，寒暖阴晴几误诗。
欲向清明乞霖雨，忍闻林木折高枝！

2009 年 3 月 18 日

越东行（五首）

祭王羲之墓

笔冢墨池惊鬼神，换鹅写扇性情人，
一千六百馀年后，书圣陵前师本真。

金庭访右军旧迹

右军终老迹难寻,欲得鹅群探好音。
窃恐延年伤药石,时风却道涤烦襟①。

嵊州至上虞途中

春暮杨花雪样飞,越中山水古称奇。
此行非为戴安道②,李杜同舟泛剡溪③。

谢安墓前

胜事兵家棋局观,东山幽竹且盘桓。
若非诏命重新起,范蠡前尘晋谢安。

登妙高台④

百丈危岩百尺台,群峰聚散眼前来。
峥嵘六十年间事,瞭望东南海一杯。

2009 年 4 月

【注】
① 晋人好服五石散等药物,反误其身。
② 《世说新语》卷下之上:"王子猷居山阴,夜大雪,眠

觉开室，命酌酒；四望皎然，因起彷徨，咏左思招隐诗。忽忆戴安道，时戴在剡，即便夜乘小船就之，经宿方至，造门不前而返。人问其故，王曰：'吾本乘兴而行，兴尽而返，何必见戴。'"

③ 唐代诗人李白、杜甫、刘禹锡、温庭筠等在越中留下名篇，今剡溪一路称"唐诗之旅。"

④ 妙高台在溪口，有蒋介石别墅。

入夏抒怀

人穿纱袖我绒衣，岁月无羁物理移。
轻薄杨花风扑面，深情种子雨潜泥。
好书辍读添遗憾，敝帚犹珍欲化梯。
九十周年逢"五·四"，前程德赛复奚疑？

2009年5月

2009年6月16日上午11时天大暗

一夕风兼雨，漫天入杳冥。
故人浑不识，陌路倒相迎。
灯启光犹暗，帘垂心放明。
惊雷轰五百，夏雾罩云城。

2009年6月

红黑

一缸金鱼分红黑，看似优游皆自得。
红鱼漫将颜色夸，首尾怡然轻摇曳。
护身巧将水草栖，但等人来饲美食。
黑鱼哪比红鱼美？食粪吞污忙不迭。
名曰鱼缸清道夫，匍伏爬行司其职。
外人不识其中妙，但云鱼乐咸无极。
红黑同缸不同群，奈何同族相隔阂。
我问饲养金鱼人，回说鱼也分等级。
或曰天道有固然，物竞天择为理则。
亦有笑我性太迂，胡思乱想事琐屑。
人间大事不关心，何独为此穷究质！
庄子惠施于濠上，雄辩未以此相诘。
我言庄惠但说子非鱼，非鱼焉知鱼之有异域？
兴来疾写廿八行，茶余饭后助谈说。

2009 年 6 月

昌平访老木刻家力群

此行不到十三陵，为访幽人烈日蒸。
寻遍楼群最深处，"人民·土地"两心萦①。

2009年6月

【注】
① 力群，著名木刻家，1912年生，曾参加延安文艺座谈会。"人民·土地"指力群木刻集《土地与人民》。

独坐（二首）

（一）

满塘莲叶碧田田，熠熠红芳映日边。
何处飞来岸前柳，故教垂老亦吹棉。

（二）

骄阳盛极蝉声噪，燕子归时薄暮收。
坐久最怜湖面水，縠纹风动槛浮游①。

2009年7月

【注】
① 縠，轻纱，薄如雾。

七八

少小离家向自由,京华计日度春秋。
曾经骇看蛇吞象,未即轻听气摄牛。
五十知非蘧伯玉①,万千忧乐范苏州②。
道充天地心源得,探索骊珠胜鹥侯。

2009年8月

【注】
① 《淮南子》:"蘧伯玉年五十而知四九年非。"
② 宋·范仲淹,吴县(今江苏苏州)籍。

检点旧作

学剑无能漫学书,浮名浪得遂知虚。
为窥"八法"穷终岁,可惜平生负五车。
杰构须由身后定,庸凡便向眼前趋。
秃毫伴我输慷慨,养拙离群且索居。

2009年8月

北京新闻学校同学聚会

相见犹如在梦中，乌丝皓发影重重。
一锤驯服磨工具，十载荒唐启玉龙。
大道青天难得出，少怀红日转成空。
驽骀垂老输馀力，不羡江湖弋钓翁。

2009 年 9 月

天琪君赠《梦棠吟痕》

感慨华年竟若何，慈严早背起风波。
清词不与时流转，雅韵乐为知己歌。
艺术真筌含隐痛①，雾云诡谲谓谐和。
《吟痕》读罢奉君语：去日苦多来日多。

2009 年 9 月

【注】
① 《梦棠吟痕》引约翰·约普代克语："艺术的真谛存在于隐含的痛。"

礼花

不夜天从长夜来，无边春色一时开。
琼花玉树飞光影，八阵宏图放眼裁。

2009 年 9 月

过思陵①

游客孤坟少，经年宿莽多。
祭坛罗石供，享殿付风波。
柱折空遗础，云闲念烂柯。
盛衰非旦夕，失势已沉疴。

2009 年 10 月

【注】
① 思陵，明末代皇帝崇祯朱由检（1610—1644）墓，位于昌平明十三陵陵区西南隅。

望月

桂树蟾宫传不经，冰轮新探有冰层。
举头碧海思无极，圆缺阴晴夜夜情。

2009 年 10 月

居庸关

沉云八面拥崇台,燕赵悲歌壮士怀。
关内晴峦关外雪,远方宾客五洲来。

2009 年 10 月

天一阁题联

柱下老子五千言道德精华永驻
书城范宗卅万卷奇珍盛世流芳

2009 年 11 月

2009年11月18日晚抵沈家门港适逢开港600年庆

巨变悠悠溯昔年,小村渔火辟新天。
长桥普渡五洲客,深港远航三宝船[①]。
海市蜃楼非妄念,水乡佛国解通禅。
今宵歌舞尽欢喜,穿越时空胜慕仙。

2009 年 11 月

【注】
① 三宝:明代三宝太监郑和(1371—1433),航海家。

普陀山"鹅耳枥"树前留影。树在海内为孤种

基因传异物,亿万称惟一。
汝我两相依,海天欣所得。

2009 年 11 月

珠海庚寅元日晨起即句(二首)

(一)

醒来一觉已庚寅,异地春寒讶此身。
断续涛声催我早,荡胸今与海涯亲。

(二)

天降屈子又庚寅,默诵骚经惜此身。
历数传奇多少事,美人香草最相亲。

2010 年 1 月

雪咏

花落何堪折，寒凝冻不哗。
云封飞寂寞，风卷势狂斜。
已卜春神近，当知社鼠邪。
蜗居存一念，今岁可安家？

2010 年 1 月

冬日六绝句

（一）雾

老眼昏花若雾中，况逢浊雾掩真容。
糊涂难得难言说，曾记匡庐不测风。

（二）雪

晶莹洁白著新装，下有泥尘污垢藏。
一俟坚冰消解后，人间依旧探花忙。

(三) 雨

镇日飘洒寒气凝,客乡孤枕远离情。
偷闲且得减行役,盼到当春乃发生。

(四) 冰

厄儿尼诺性无常,六月飞霜冬暖洋。
最是惊心南北极,冰山或恐失鱼场。

(五) 云

重重叠叠锁青天,日月昏昏长若眠。
奋起北溟双怒翼,冲霄直上破冬寒。

(六) 井底

休问夏虫冰与雪,须从松柏识严寒。
生年满百人称寿,井底星空仔细看。

2010 年 1 月

读刘征《读书随想》

腹有锦囊诗性醇,奇书百读不辞频。
老庄并作《离骚》看,儒术无如社稷新。
"随便翻翻"经史集①,分明历历鬼狐人。
当头日月心中法,敬畏赞叹时足珍②。

2010 年 3 月

【注】
① "随便翻翻":鲁迅杂文篇名。
② 康德:"有两种东西,我们愈是时常反复地思索,它们就愈是给人的心灵灌注了时时翻新、有增无减的赞叹和敬畏,这就是我头上的星空和心中的道德法则。"

望城岗

2010 年 3 月 21 日江西师范大学(原南昌大学)傅修延校长赐宴,赋诗以谢。余于 1948 年至 1949 年就读该校中文系,校址望城岗。

灯前追忆望城岗,酒未沾唇热断肠。
负笈少年心社稷,呼天黎首面疆场。
为寻真理穷根柢,故读禁书轻课堂。
胜迹三过而不入,滕王高阁赋新装。

2010 年 3 月

迎春花

花无绿叶先绽黄,点缀新春好著装。
吐蕊避离蜂蝶累,早开早落又何妨?

2010 年 4 月

春日即事

迟到春晖寒苦长,云封雨冻欲颠狂。
蓦然大地风移向,顿使庶黎神气扬。
世事循环随律令,人天正义赖弛张。
尊严二字黄金贵,治乱焉能仗始皇!

2010 年 4 月

迎世博会

缤纷繁饰尽于斯,环宇文明旷代思。
胜事毋忘告先哲①,东方崛起醒雄狮。

2010 年 4 月

【注】
① 温家宝总理说,100年前,梁启超等即曾提出在上海举办世博会。

跋《富春山居图》（两岸珍藏合璧卷）

清顺治间，宜兴吴问卿临终时曾以《富春山居图卷》殉之于火，幸其侄从火中救出，后历经劫难，今将完璧重光，此民族之大幸也。

浑厚华滋源董、巨①，富春回祝劫馀灰②。
盛时两岸趋同日，完璧同光大智恢。

2010年5月

【注】
① 董、巨：董源，五代南唐画家。巨然，北宋画家。
② 回祝：回禄、祝融，火神也。

读和珅诗觉人性之复杂

雅说生民苦，颂歌皇圣恩。
诗才借伶俐，权术合斯文。
礼佛慈悲相，入朝魑魅魂。
一编劳百态，万变不离根。

2010年5月

旅赣（五首）

（一）宿江西师范大学白鹿会馆①

瑶湖风景比瑶池，凫息清波逸气诗。
鸣鹿弦歌相应答，育才邀与晦翁期。

（二）邓小平"文革"生活处

读书劳作两从容，小道由兹大道通②。
磨砺车床志如铁，蓝图改革酿心胸。

（三）共青城胡耀邦陵园

苍松翠柏护忠魂，玉石慈容黑白分。
忧患锥心惟治乱，是非不待百年论。

（四）登滕王阁

依然高阁临江渚，拔地凌空彩檐舞。
兴废灰飞廿八回③，盈虚泪涌万千雨。
天翻地覆等闲悠，电掣风驰越夏秋。
初唐童子今如在，泼墨鄱湖水倒流。

2010 年 6 月

【注】
① 江西师范大学早期选址庐山下，故有白鹿洞情结。
② 小平同志来往工厂与住所之间的道路人称小平小道。
③ 滕王阁建成后遭毁28次之多。

（五）庐山

成岭成峰幻亦真，访寻胜迹辨苔痕。
别居尘外灵虚地，故事云中谲变身。
窥洞或疑仙有窟，闻风早识世无神。
升登浩荡含鄱口，千里扬帆物候新。

2010 年 8 月

桑拿酷暑

桑拿酷暑创新高，四百万车轰热潮。
排炭递增空气浊，行人簇拥地层摇。
树因喷药蝉鸣少，雁恐弯弓信息夭。
字债催升水银柱，虚温下降或逍遥。

2010 年 8 月

南歌子·晓川文兄赐贺，步原玉以谢

（一）

入世难除俗，浮生几度清？蜉蝣彭祖笑同龄。南北东西华盖也相倾。　　庾信文章老，青莲铁杵成。穷年碌碌暗添惊，流水能西有我未曾经。

（二）

白日应无恙，黄河会有清。地荒天老竞延龄，蛮触蜗涎何事举戈倾。　　盗跖期多寿，书生少有成。人情世态耄年惊，最幸知音前路赠金经。

2010 年 7—8 月

附：南歌子·寿鹏公八十

周笃文

沈鹏先生老书林魁斗，诗苑耆英，值兹八旬嘉庆，谨制小词以介眉寿。

诗品东阳逸，襟怀秋月清。八方瑞气庆椿龄，喜见蟠桃寿酒两同倾。　今代无双士，龙头属老成。挥毫墨浪九州惊，胜似黄庭初写换鹅经。

龙庆峡

危崖峭壁点苍苔，轻泛兰舟九曲回。
仰首斜阳移绝顶，金光浓抹送秋来。

2010年9月

再游京西（二首）

埋笔

秃笔曾来择地埋，祭坛作意护残骸。
衣沾晓露觅前迹，卓立红花一朵开。

离雁

清清湖水失光盈，湿地相间杂草坪。
隔岸琼楼插云起，雁群忍向故乡鸣！

2010 年 9 月

赠杨锦麟

锦口乾坤大事诙谐善凭三寸舌
麟囊闾巷琐谈泼剌胜过万言书

2010 年 9 月

友人赠"八十后作"印章

笑我行年八零后,多承美意赠华章。
晶莹白玉真君子,烂漫朱砂七宝妆。
自有天然宜欹处,岂甘屈就勒名缰。
柔毫铁笔双飞舞,除却诗文不是忙。

2010 年 9 月

兴化一日

北雁南飞里下河①,秋风送爽蟹鱼多。
板桥渔鼓道情曲,劳者茅山号子歌②。
湿地森林真气满,晴空云影淡然过。
宽裕今日等闲度,归去身心轻载舸。

2010 年 10 月

【注】
① 江苏北部水网地区。
② "板桥"、"劳者"句:郑板桥,兴化人,诗书画三绝,曾作《板桥道情》。《茅山号子歌》:当地民间劳动口号。

涟水米公祠

米家墨韵写天成，官府云闲度日清。
离去轻舟无暗物①，只今池水有廉名。

2010 年 10 月

【注】
① 宋·米芾知涟水军二年，为官清廉，离职时有诗："二舟一物如来暗，愿向洪流深处沉。"

沁园春·吴哥古窟

热带丛林，一马平川，古窟列张。望灵岩雕琢，崔鬼佛阁；苍穹变幻，驳蚀华堂。斧钺天开，国师谋略，牛鬼蛇神到此狂。乘豪兴，有同来众侣，慷慨宫商。　　千年风雨无常。念往昔、干戈动八方。纵物移星换，土埋陈迹；时来运转，璧合重光。庞贝墙垣，泰姬陵墓，万里长城一帝王。文明史，尽苍生汗血，睿智流芳！

2010 年 11 月

吴哥(二首)

(一)

石塔禅身无语言,浮云舒卷问苍天。
王权鼓乐繁华地,旷代文明旷野传。

(二)

吴哥一石一沧桑,佛国兼容魔与王。
仰视云端最高处,人天合一铸辉煌。

2010 年 11 月

柬埔寨洞里萨湖贫民

敝舟飘荡即为家,天作穹庐衣不遮。
莫谓湖光云物好,上承酷日下虫蛇。

2010 年 11 月

南歌子·步晓川诗兄原玉

大地焕金黄。机上传来晚稻香。万米高空平地越。长江!江尾痴心瞰故乡。　　游迹旧难忘。未及言欢叠韵狂。闻说日吟千句少。登堂!入夜庄周意更长。

2010 年 11 月

减字木兰花·德天瀑布

砰訇十里,白练青峰霞织绮。千载如斯,今日何期独立兹。　　德天板约①,友谊胞波边界眺。跨国飞流,小作地球村上游。

2010 年 11 月

【注】
① 板约:越语称德天瀑布音板约。

广西大新县明仕山庄

岂借荆、关手^①？横空天斧开。
纵横山度势，深浅水萦回。
鹭鸟飞难越，儵鱼乐往来。
荒原有奇树，材大没蒿莱。

2010 年 11 月

【注】
① 荆、关：荆浩、关仝，五代画家。

蟹争

人将食蟹罥横行，不见泥潭路不平。
公子无肠多有骨，老饕狂酒毕原形。
尼龙捆绑紧松散，釜镬森严郭索争^①。
烈火蒸烧尚生猛，一拼坠地免遭烹。

2010 年 12 月

【注】
① 郭索：蟹爬行声，见司马光集注扬雄《太玄·锐》。

罗丹《思想者》

何处天涯路？沉思地狱门。
弯腰缘重担，蹙额为灵魂。
举世咸娱乐，斯人独失群。
百年苦求索：底事闹纷纷？

2010 年 12 月

冬日（二首）

冻雨

倦眼无心赏雨凇，云泥远隔万千重。
人间未有天边暖，殃及枯枝幻玉龙。

百日无雪[①]

红日当空澄碧天，东风不赋瑞花篇。
抬头一片絮云过，数九大寒心火燃。

2011 年 1 月

【注】
① 入冬无雪，为60年来之最。西北风劲而黄海东风不至。

有专家称外星生命事属无望

浩浩宇宙,茫茫时空。
地球孕育,智慧高峰。
电子望远,穿越无穷。
外星有"人",我非孤鸿。
外星无"人",我心寒虫。
亿兆天体,恍若迷宫。
偶然地球,造化独钟。
今古文明,奇绝神功。
伟哉绿洲,何处攸同?
赖此绿洲,生在福中。
勤加呵护,善待真容。
人若无良,愧对列宗。
践踏生灵,不如恐龙。
人果有知,思远慎终。
天亦有老,天道须从。
自今而后,敬畏苍穹。
心中法则,旭日升东。

2011年1月

靳尚谊兄为余画素描像

真我果然如是耶?画图便教识年华。
静观毫发蕴霜雪,迫察神情探迤逦。
纸上音容随自在,胸中海岳避喧哗。
身为形役难为己,学也无涯胜有涯。

2011 年 2 月

辛卯元宵前,访刘征兄于昌平汇晨公寓,旋得征兄一绝,依原韵奉和

真人已炼钢筋骨①,君子之交淡水杯。
不羡皇陵名胜地,苏、辛遗韵问从来。

2011 年 2 月

【注】
① 时刘征因伤装骨架初愈。

附：刘征诗

雀喧晴晓欣迎客，茶泼乌龙且洗杯。
一迳春风扫残雪，最难佳节故人来。

兔年对联

兔毫落墨三江水
国事开春八阵图

2011 年 2 月

读《影珠书屋吟稿》

此身合出汨罗江，早有情商恸国殇。
满腹诗书千万象，"冥搜"犹发少年狂。

2011 年 3 月

辛卯惊蛰后三日见红日西下极为壮观

一生几见夕阳收,况处都城楼宇稠。
旋转辉煌明镜黯,逡巡壮丽紫金浮。
长绳傥得系痴想①,夸父当能免渴忧。
万物运行天不老,冰轮如约又当头。

2011 年 3 月

【注】

① 长绳:晋·博玄《九曲歌》:"安得长绳系白日。"长绳系日,幻想用长长的绳子把太阳拴住,掌握在手,留住时光。

悼周海婴

老友海婴,今岁全国政协开会因病缺席,竟成永诀。

满座群英君席赊,何期背影走天涯!
迅翁一语终身誓:"不做空头文学家"。

2011 年 4 月 8 日

吴为山雕塑工作室

菲狄亚斯杨惠之[①],中西今古慧心师。
刀凭刻削藏真爱,艺以性情通绝痴。
八法虚浑融意象,五音谐协有形诗。
今朝畅说艺文事,熊氏慈严其在兹[②]。

2011 年 4 月

【注】
① 菲狄亚斯:古希腊雕塑家。杨惠之:唐开元时雕塑家。
② 工作室有熊秉明塑其父母像。

华西村

华夏名高第一村,层楼处处沐朝暾。
务农不废千程目,世界雄风入草根。

2011 年 4 月

登江阴黄山要塞

山形依旧枕东流,故垒萧森岁月稠。
花树春和晴更好,归来一鹤念悠悠。

2011 年 4 月

过苏州天平山

白云泉水问源头①,身与范公形影游。
体味饔飧断齑粥②,从知天下乐和忧。

2011 年 4 月

【注】
① 天平山有白云泉。
② 范仲淹断齑画粥事。

杭州西溪小住

绿柳红枫杂草间,早秋颜色仲春天。
景因幽静鸟栖宿,池以清新鱼逸安。
远引苕溪无量水,巧修湿地一方闲。
古贤隐士息尘处,报道门前到客船。

2011 年 4 月

寒食（二首）

（一）

持酒踏青年少时，熏风微雨旧相思。
案前叠乱坡翁集，闭户临书寒食诗①。

（二）

廊檐早失燕双飞，介子特行终憾凄②。
愿向东风乞新柳，满城争插满头归。

2011年5月

【注】
① 苏东坡行书《黄州寒食诗》。
② 春秋晋文公时介子推（一作之推）事。

报载照片某校广场五百余学生为母亲洗脚

廿四孝图新出招，广场足浴笑声娇。
若教作秀儿时起，壮岁如何真弄潮？

2011年5月

聂绀弩《马山集》手稿杀青

逋逃劫后尘网留，墨迹斑斑岁月稠。
画地作牢悲语涩，为丛驱雀大荒游。
身心异处祸缘尾，鹿马无分福满楼。
亦道亦魔魔有道，斯翁一卷鉴狐丘。

2011 年 6 月

夜坐

树影深深有几重？一星闪烁似萤虫。
高低远近浑难辨，桐叶轻招淡淡风。

2011 年 6 月

斜照

煦阳斜照影深长，更远更行离故乡。
我已非吾何足道，身其余几敢彷徨。
儒生尽信经书典，雕篆也干名利场。
惟有打油千盏少，不沾滴酒亦清狂。

2011 年 6 月

答友人

老去羡君诗酒茶,我于茶酒憾全赊。
过河摸石河床异,迎日当头日脚斜。
盛宴扯谈豪气旺,铁门设限拙咿哑。
逢场有戏大欢喜,子曰诗云无可邪。

2011 年 6 月

机中遐想

堆云积雪仰珠峰,潜入无边浑沌中。
待到升腾三万里,寂然沧海细游龙。

2011 年 7 月

长寿之乡巴马(二首)

车行

轻车盘曲绕山青,笑语欢声未老情。
祈得灵泉尝一掬,沁心不负寿乡行。

百魔洞

溶石妖娇天地旋,洞中隔世欲忘年。
英华吐纳方过瞬,步履新看箭出弦。

2011 年 7 月

咏石

冥顽遭劈裂,留断彩云根。
日积轮囷细,玉攻它石新。
苍苔深氾翠,瘦骨铸清魂。
佞者高侁辈,豪搜献帝辰。

2011 年 7 月

朝阳化石歌

辽宁朝阳，化石物种丰富，保存精美，显现生命演化之连续，被誉为"世界中生代古生物化石宝库"。

盘古邈矣安可测，创世焉能仅七日？
四六亿年地球史，物理运行循天力。
时当白垩纪后期，小球轻击恐龙灭。
地天开辟新纪元，湖海山陵重纠结。
朝阳区域气温高，树丛茂密水网集。
飞禽游鳞自在身，行天入地生不息。
更有原始孔子鸟，冲天翱翔争独立。
乾坤摇撼阴阳差，火山崩坏毁裂缺。
烈焰浓烟喷九霄，覆盖千里何仓猝！
狼鳍鱼儿首尾摇，辽龟伸颈方欲直。
巨虾触须待舒伸，禽龙呼啸施诡谲。
可怜鹦鹉戏双双，交颈拥抱竭欢悦。
真情相爱共死生，超越时空长抚恤。
刹那动静入永恒，亿载沉睡梦日出。
地幔震怒无尽已，祸从遐迩遍八极。
树丛花草听惊雷，万钧霹雳又何急！
老树拱抱大树围，小枝亭亭美琴瑟。
切磋琢磨光鉴人，横竖观察细毫发。
又有被子类鲜花，娉婷婀娜美通脱。
地面花开万万千，此花堪称第一色。
火山灰尘落纷纷，花嵌岩层若绿玦。

噫嘻一亿五千万年至于今,
我来摩挲化石巧相识。
沧海变桑田,海枯石不烂。
虽然奇形怪状已长眠,生命代代赋新篇。
化石石不化,与我身心永不隔。
地球生物二百万种之伟观,
人类过客匆匆仅其一。
古生物,我祖先。
敬畏大自然,予也欲无言。
但又痴想再越一亿五千万年后,
与汝相期身为化石奉献作科研,
无穷极!

2011 年 7 月末—8 月 2 日

步和梁东八十自白

"自白"八行攀八旬,才思睿敏即青春。
苦燃火种人间世,甘作地层煤石身①。
"防水"非关透淫雨,加油端要赖真人。
躬耕艺苑归来者,网络频看爆料新。

2011 年 8 月

【注】
① 梁东长期供职煤矿。

李东东辞赋杀青得句

屐痕蹑处起长虹,旷达情怀今古通。
卓女当垆辞赋盛①,一编请识李东东。

2011 年 8 月

【注】
① 卓女,西汉卓文君。

八十抒怀

少年多意气,老大事无端。
不改东阳瘦①,亦羞南郭餐②。
随波推浪易,为己读书难。
内外围城里,平生未等闲。

2011 年 9 月

【注】
① 东阳:梁·沈约,曾官东阳太守。
② 南郭:用滥竽充数典故。

读《中华诗词》孙中山先生等"耆旧遗音"

字字苌弘血，都从炼狱输。
壮心有如此，愧听"数茎须"。

2011 年 10 月

中微子（外一首）

或超光速中微子，世纪群贤启异思。
设若翻新相对论，爱因斯坦乐闻疑。

对称

黑洞相间疑白洞，雄风之外有雌风[①]。
如何无限潜规则，对称弥漫宇宙中。

2011 年 10 月

【注】
① 见宋玉《风赋》。

季子风[①]

　　故里汤君，受人之托赠余《金鱼图》，逾十载，几番搜索得之，保存完好，特快惠下，犹衷心表示歉疚，署名"一段哑木"。当今社会有此高风难能可贵。因思春秋延陵季札故事。季札尝聘鲁观周乐，过徐，徐君好季札剑而不敢言。季札心知之，为使上国未献，及还至徐，徐君已死，解剑系徐君冢树而去。其诚心侠义如此。诗曰：

　　鸿雁飞传情义浓，依然鱼乐尺缣中。
　　延陵季子挂长剑，不信今时废古风。

2011 年 10 月

【注】

① 按余乡里，春秋时吴季子封地也。汤君高风，盖亦有因乎？

辛亥革命百年

武昌义帜起群雄，世界洪流民主风。
隆替兴亡匹夫责，权衡分合众心同。
富春长卷憎回禄，槐树根深眷列宗①。
作始简而将毕巨②，毋忘革命未全功。

2011 年 10 月

【注】
① 山西临汾有大槐树，传明代初百姓由此聚散各方。
② 《庄子人间世》："其作始也简，其将毕也必巨。"

李延声君在中国人物画创作道路上迈出重大步伐，今以一批非物质文化遗产传承人写真问世，赋得七绝志贺

草根沃野赛名花，香彻寻常百姓家。
兰叶游丝描不足，绵长悠远踵增华。

2011 年 10 月

清平乐·澳门威尼斯赌场

人工云彩，模样儿颇怪。文艺复兴名气在，只是精神大改。　　当今游戏翻新，全恁电脑基因。老虎机张小口，吞舟还有长鲸。

2011 年 11 月

珠海（二首存一）

石溪亦兰亭[①]

惠风和畅日，是处亦兰亭。
世乱民离散，时穷士隐行。
茂林新气象，残碣旧嘤鸣。
游众纷如织，归来数历程。

2011 年 11 月

【注】
① 晚清岭南书画家鲍俊，曾仿兰亭雅集与时人题墨山间，今名"石溪亦兰亭"。

过长沙橘子洲

寒风催木叶,江上已萧森。
霜雪严如铁,橘橙荣若金。
关河回望远,岁月渐知深。
数问潮头事,浮沉直到今。

2011 年 11 月

"天才"广告

人皆可以为尧舜,竖子扶摇腾巨龙。
耻说寒窗十年苦,略施小技半分功。
师传电脑植头脑,父命神童远学童。
钱氏临终提问了①,不伤仲永叹时风②。

2011 年 12 月

【注】
① 钱氏句:钱学森问中国为什么不能出杰出人才。
② 仲永句:王安石《伤仲永》。

龙年将至，戏为二古绝

（一）

世间本无龙，全在臆造中。
伊甸园乐土，天帝欠包容。

（二）

穿云又下海，浓墨添异彩。
何处有真龙，叶公徒惊骇！

2011 年 12 月

新岁感事

岂失馀情忘乐忧？万花筒里镜中浮。
诗无达诂偏求甚，事有固然曾未休。
龙凤祉祥恭纳吉，儒生迂阔动言愁。
如何了得杞人虑，豪取地球分月球。

志在探索

——《三馀再吟》馀话

沈鹏

前人论文艺，以无意中得之为上。就我个人体验，这等境界得来不易。举一首自作五律：

> 此地尘嚣远，萧然夜雨声。
> 一灯陪自读，百感警兼程。
> 絮落泥中定，篁抽节上生。
> 驿旁多野草，润我别离情。

有位朋友说，读这首诗兴起"念天地之悠悠，独怆然而涕下"的感觉。回忆那年春天一个细雨蒙蒙的晚上，郊外偏僻的角落，独处斗室，灯下读书，读什么，身在何方，竟完全失去记忆。朦胧模糊之中，瞬间萌发叫做灵感的东西。诗句汩汩而出，不费斟酌，很少修改，潜意识的积累进入意识层面，于是一切置之度外，遗忘，留下的只有四韵八句。我珍惜这段生活经历，感到奇异，惊嗟。那时的我真像梦中人，诗的高下优劣，别人如何评议，在所不计。重要的是那份思绪，那个忘乎一切的雨夜确实很迷人，不知何为"有我之境"与"无我之境"，对美的追求过程产生的乐趣，大于创造物本身。由此进一步体会到美的本质脱离功利，美的创造与欣赏依赖直觉。

　　古今谈艺论文的文章多不胜计，我独钟于古老的、概括简练的短句。因其中有最丰富的哲理在。论书法："书，心画也"；论诗："诗言志"。两者相通，说到底都是"情"，穿透本质，超越时空，对今天的启示丝毫没有减弱。问题倒是我们今天常远离古人遗训，忘却了根本。所以我曾说书法向"心画"回归，不但不是倒退，而要求继续前进。诗歌强调"言志"，任何时代不会过时。从古人遗训中寻求现实意义，才体现出我们一代人的智慧。为了表达"情"，作诗所需要的一切包括技巧在内的"寄托"必不可少，但都围绕"情"为基点，为归宿。"欺情以炫巧"最要不得。以真情实感作导引，无做作，无巧饰，诗不粘附诗人成为"第二生命"，而与诗人全身心合为一体，即诗人本身。"诗言志"，志即是诗，是诗人本质的存在。在这个意义上，即使暂时做不出好诗，也不失为诗人，比之以诗人行家里手自居而失去自我者高明得多。

　　陈子昂《登幽州台歌》："前不见古人，后不见来者；念天地之悠悠，独怆然而涕下。"诗作者失意中的感喟，出于特定条件，诗的意境远远超越了历史的具体性，读者以个人的经历体验诗中的普通性忧思。这种普通性的忧思从历史上许多诗歌中也能找到共鸣。与《登幽州台歌》意境不同的柳宗元《江雪》"千山鸟飞绝，万径人踪灭；孤舟蓑笠翁，独钓寒江雪"，内含与陈子昂相通的哲理。千山万径空旷白茫茫一片，特写镜头突然对准一个钓翁。"雪"如何能"钓"？"独钓"为着什么？与《登幽州台歌》相同的是，起笔天地之大，落笔一个"独"字。古今哲人的思考超越时空，异于常人，孤独感油然而生。上述柳宗元、陈子昂之作都是大手笔，比较之下，后者更加不事雕饰，没有任何着意成分，全从心胸呼号而出。

　　前不久，偶然重新临写《淳化阁帖》片段，有了新鲜感受。觉着王羲之的手迹似乎也平凡，没有大起大落，没有特殊亮点，果真是"不激不厉,风规自远"。然而仔细品评,到处弥漫着内在的张力。作品不容随意拆开、装配,好就好在信笔所之浑然一体。由此想到,像怀仁集王羲之《圣教序》这样的字帖,只一个"集"字便着眼不高,不可能臻于上乘,甚至未免欺世,还有等而下之的便不必说了。其他艺术道理相同。好诗常伴随着佳句、名句,佳句、名句由好诗自然流出,却非外部移来装点。"采菊东篱下,悠然见南山"在陶渊明是偶然得来不费工夫,经后人摘出成为千古绝响。单看这两句,绝无惊人之处,好就好在不作惊人语。"僧敲月下门"经由推、敲的故事,高下之分似乎有了"定论",可是在王船山眼里,"只是妄想揣摩,如说他人梦"。无论推或者敲,"必居其一","因景因情,自然灵妙,何劳拟议哉!"究其原意,情、景妙合无间,便达到至高境界,遣字造句全以情景转移,外加"推敲",不免造作的痕迹。王船山之说强调一面,倘从诗的技巧、工力的重要性驳议,又有大篇道理可说,但是追溯诗的抒情言志真实不欺,造就诗的性灵合作而言,船山的"何劳拟议"应当说有重要的启示作用。诗之为诗,就在于它自身,禅家之所谓"现量",显现真实,不参虚妄。

当今社会急速发展,有句常用的话叫做"信息爆炸"。倘说"消息",古已有之,"信息",则与现代化媒体密切相关,并且具有当前时代的特征。过量的信息,造成躁动浮泛习以为常。"五色令人目盲,五音令人耳聋,五味令人口爽",2000多年前的老子倘看到今天的样子,不知该怎样言说了。过量的信息,使人难以辨别价值高下甚或混淆价值观,导致思想缺失以至可贵的(包括过去与当代)思想也淹没在凡庸、低俗、无聊之中。信息可以激发艺术创作,对真正的艺术家来说,无论何种信息都能碰撞出思想的火花。但是太多的信息把艺术挤向边缘化。信息不能代替深入生活,为了精神的升华,我们需要从最底层汲取源泉。画家不能靠照片代替写生,摄影家的镜头不可能没有选择性。我们时代即在当下也并非没有杰出作品，为数极少的杰作被大量噪音混淆，人们来不及或者无心分辨。而噪音却因其喧闹一时得以存在突显出来。当我看到为推出"精品"而竭力"打造""制作""拼搏"，总会怀疑：文艺果真如此这般达到繁荣的吗？什么才是意识形态真正的繁荣？日常用语里所谓提高"档次"也是随处可见，"档次"源于商品，把艺术家划分档次，是尊重，还是贬低？还见到有的展览会题名"实力派艺术家"，倘说经营企业要实力，拳王泰森有实力，倒也不差，当然泰森咬人既是犯规，并且是对自身实力缺乏自信力的表现。艺术家创造精神产品，如何一个"实力"了得？艺术的位置要靠群众在历史中检验。唐人自选的两本唐诗（《河岳英灵集》《中兴间气集》）竟没有杜甫作品入选。王羲之在唐太宗以前也远没有登上"圣"的位置。书法有"圣"，显示了价值观的极大变化。"圣"开启了宏伟壮丽的流派，但是未尝没有束缚人的思想。直到帖学衰颓，如同任何事物都有上升下降的过程一样，定于一尊，便走向事物的反面。真正的艺术繁荣离不开多元化局面而无须人为设置。

　　信息爆炸伴随语言爆炸，新的词语陡增，旧词语有的变化着原先的感觉。比如"应酬"，属中性，有各种姿态。古代有许多应酬之作，送往迎来，席间赠答，多不胜计，真正的好诗绝非敷衍了事。大作家哪怕一作不真，在批评面前也避不开刀尺的锋芒。像李白"桃花潭水深千尺，不及汪伦送我情"，尽管流传甚广，毕竟失之于浅。比起他的"请君试问东流水，别意与之谁短长""春风知别苦，不遣柳条青"未免逊色。到了现今躁动的环境里，"应酬"的素质降低，无非热热闹闹，逢场作戏，皆大欢喜而已。"应酬"成为一种处世手段，以至拿来象征身份。如说某人多"应酬"，或自诩"应酬"多，便表示有来头，"档次"高。达到华威先生那样的程度，便得其所哉了。看似为公务忙碌的华威，其实在破坏着大的事业。

　　诗，还是要以言志为根本。确立了这一点，题材、体裁便居于第二位了。在相对的意义上，题材无大小之分，"志"有高低之别。就旧体诗词来说，不可否认存在语言的隔阂。时至21世纪，还在用古代话语传递情感，怎无方凿圆枘之感？《诗经》里许多语言难懂，在当时是常用的方言。但是到了今天，终究还有人执著旧体诗词，并且拥有一定的读者群。文化有传承性，传统文化既是历史的存在，也以各种形式保留在今天生活中。当早期四言诗衍变到五言，"乐府"古体诗衍变到近体诗，昔日的诗体没有消亡。白话诗出现并不意味旧体诗从此销声匿迹。但是历史在前进，不能总以古代语言同今人对话，白话诗毕竟代表新生，白话诗探索情感的语言形式将是一个长期艰难的过程。倘说格律诗有"镣铐"，惟其有"镣铐"才成为诗，出好诗，如此，新诗难道不需要任何体式的镣铐？不然又何以成为诗？以我个人来说，希望多读点情深意切，能与读者平等交流又提高读者精神境界的诗作，至于何种体裁并不重要。

诗的意象，内含情与景。情景水乳交融，不是凑合。情不是景的附加物，景也不是情的形象化例证。古人评诗，说到底常归结到格调。格调的低下尤以"俗"为大忌。也有以"浅"为病者，可能要看何等意义上谈"浅"。倘若"浅近""浅显"并无不可，甚或是长处。倒是表面深奥莫测，不知所云，掩盖着实际的"浅俗"与"肤浅"最为可怕。所以"雅"与"俗"的区分并不单一，可以从多种角度论述。然而要用逻辑的语言讲"透"必不可能。因为欣赏离不开直觉，每件作品都是自身的存在，要用言语讲"透"，就不再是它自身了。正如《登幽州台歌》《江雪》未尝不能移入画面，但文字语言表达的思想境界决非绘画语言能尽，绘画语言别有自身长处。从张择端《清明上河图》到齐白石花鸟画，诉诸视觉，超越视觉，文字语言可以形容却不能代替视觉功能。

写到以上暂时搁笔。刚好收到《中华诗词》第十期，读辛亥革命先烈遗音，再读有关先烈遗音的背景叙说，心灵深处震撼不已。诗的不朽首先因为字字句句都从革命者的血管流出。诗词与革命者的生命同在，合而为一。那些绝命诗，悼亡诗，与妻儿诀别的诗，与同志交割心肝的诗，有的根本来不及也不可能深斟细酌。作者绝大多数不以诗人名世，那种惊天地泣鬼神，杀身成仁，义无反顾的不朽精神，使他们成为真正意义上的诗人，留下的少数诗作成为后继者宝贵的精神财富。我们会做几句诗的人仰之弥高无可企及。当真说，作诗一旦专门为务，便可能失去真正的诗。专业诗人、作家是在社会分工专业化的条件下产生的。屈原、李白、杜甫、王实甫、曹雪芹都不是现代意义上的专业作家。真正的诗人甚至没有意识到自己在"作"诗。多一分"专门"的意念，便多一分刻意，少一分天趣，减一分性灵。

由《中华诗词》刊登的先烈遗作，生发出许多感想。反复吟诵之余，得五言绝句一首：

字字苌虹血，都从炼狱输；
壮心有如此，愧听"数茎须"！

不必多说，为了吟安一个字，"捻断数茎须"的认真精神是不可缺少的，思想的直接现实除了语言无迹可寻。对此，学术界还在讨论，然而我想可以说，诗的语言便是诗的自身。将散文分行书写，或者套用前人陈词代替自己创造，这等现象到了非改不可的时候了。看似最浪漫的事业其实应当是最切实严肃的。话虽如此，本人在实践中体会到这是一个永无止境的探索过程。"行"与"知"总是在互相矛盾中前进。检点近十年所作，"诗内""诗外"都有欠缺。在多方鼓励下，继《三馀吟草》《三馀续吟》之后的"再吟"面世，希望得到各方评正。

2012 年 2 月

后记

　　从去岁秋风乍起迄今春暖花发，经过一番协力，《三馀再吟》近500首诗词即将呈献在读者面前。

　　老友刘征、郑伯农、周笃文题诗作序，一如既往地关怀帮助。我将他们的美言看作既是热情肯定，也是剀切期望。年齿渐长，仍不能自弃于较高的目标。

　　本书在全部编辑过程中，李果作了重要的基础工作，包括撰写注释。张静协助选图。初稿完成后经李葆国、吕梁松审校，许琼、游慧负责设计、校对。祁旺参与监制、推广。还有许多不熟悉名字的朋友也为这一工程出力，在此衷心表示感谢，恕不一一。

　　我作为出版战线老兵，深知为人作嫁的甘苦。日前为家乡一所中学题校训曰"诚勤"，握笔之际，这两个闪光的字眼又很自然地从心底流出。

沈鹏

壬辰清明节。时当秀珍、
沈放自江阴、昆山扫墓归来。